Haben Sie die Geister gesehen?

HABEN SIE DIE GEISTER

GESEHEN?

Geschichten und Gespenster aus Rye

Ausgegraben, aufgelesen, aufgeschnappt, gefunden, belauscht, aus dem Hafenbecken von Rye gefischt, nicht nur aus der Luft gegriffen und hiermit wahrheitsgemäß berichtet von

Michaël Blümel

Bibliografische Information der Deutschen Nationalbibliothek:
Die Deutsche Nationalbibliothek verzeichnet diese Publikation
in der Deutschen Nationalbibliografie; detaillierte bibliografische
Daten sind im Internet über http://dnb.dnb.de abrufbar.

© 2019 Michaël Blümel
Coverbild »Back to the Sea« von Richard Adams, Rye Art Gallery, Rye
Satz, Umschlaggestaltung, Herstellung und Verlag:
BoD – Books on Demand, Norderstedt

ISBN 978-3-7494-0026-3

Kurzes Vorwort

Ich sitze wieder einmal auf der Bank hinter der Kirche St. Mary unter der Blutbuche, die seit Jahrhunderten auf dem höchsten Punkt von Rye gedeiht.

Rye ist eine kleine Küstenstadt in East Sussex an der Südostküste von Großbritannien. Ich bin einer ihrer zwei Town Crier.

Der Baum an der Kirche raunte mir im Laufe der letzten Monate viele Geschichten zu, die sich alle einen Platz in meinem Kopf gesucht haben.

In Rye lächeln sich alle zufällig begegnenden Menschen schon auf weite Entfernung an. Das erleichtert das Kennenlernen, was typischerweise mit einer Bemerkung über das Wetter beginnt. Gäste in Rye, Kinder, Erwachsene, Hunde, Dohlen, Fremde und Einheimische nahmen neben mir auf der Bank Platz und vertrauten mir im vergangenen Jahr ihre Gedanken an.

Ich selber streifte suchend bei Tag und bei Nacht, bei Sonnenschein, Vollmond, Sturm und Regen durch die altertümliche Stadt. Mal legte ich mein Ohr an eine Mauer. Mal leuchtete ich mit meiner Taschenlampe in einen dunklen Winkel. Mal legte ich meine Hände auf das Kopfsteinpflaster oder um einen besonderen Stein. Mal umarmte ich einen Baum. Mal sah ich mit dem Fernglas über die Marsch und aufs Meer. Mal hörte ich den Möwen zu, die aus der Luft Dinge sahen, die mir verborgen blieben. Mal lauschte ich dem Wind. Geschichten, Entdeckungen, Eindrücke, Geheimnisse und Erinnerungen kamen mir zugeflogen, sammelten sich wie einzelne Fäden in mir und verwoben miteinander.

In meinem Kopf bildete sich ein Bezoar aus Gedankensträngen. Es ist jetzt der Moment gekommen, diese zufällige Sammlung wieder zu entwirren, Puzzleteile zusammenzufügen, zu sortieren. Leider habe ich gerade Zeit. Also schreibe ich sie nun auf, die Geschichten aus der Vergangenheit, von den Geistern der Stadt und von den Rätseln, die in der Luft liegen. Der Geschichtenerzähler in mir übernimmt das Kommando.

In Rye liegen überall die handgezeichneten Stadtpläne von John Breeds aus, auf denen man alle Schauplätze dieses Buches findet. Ich schreibe für Besucher aus den fünfundvierzig Ländern, in denen auf der Welt - auch oder vorwiegend - die Regionalsprache Deutsch gesprochen wird und für Menschen, die Rye besuchten, gerade besuchen oder besuchen werden. Bei der Lektüre empfehlen sich *Fish and Chips*, begleitet von Quellwasser der *Chalice Well*, *Spitfire*-Shandy oder einem blutroten Tropfen von einem der Weingüter rings um Rye.

Dies ist kein Buch mit Gruselgeschichten, auch wenn viel von Geistern die Rede sein wird. Ich habe nicht vor, das Gruseln zu lehren. Ganz im Gegenteil: Geister sind fast alle gutmütig und uns Menschen zugewandt. Sie wollen uns warnen, ein Unglück vorhersagen oder sie wollen aufklären. Es ist nicht von Bedeutung, ob der Leser an Geister glaubt oder nicht. Ich bin aber der Meinung, dass wir in unserem übermächtigen Wissensdrang viel von der geheimnisvollen Weisheit unserer Vorfahren verdrängen und die Kräfte der Natur und des Übersinnlichen verleugnen.

Falls man auf Geisterjagd die beschriebenen Plätze und Häuser in Rye aufsucht, möge man bitte bedenken, dass die meisten von ihnen privat bewohnt werden. Ich erwarte Respekt vor der Privatsphäre der Bewohner. Rye ist keine Ellenbogengesellschaft. Am gefahrlosesten ist es, wenn man an einer der angebotenen, nächtlichen Geisterführungen teilnimmt. Für Individualisten, die lieber auf eigene Faust erkunden, gibt es für sowohl für Historiker als auch für Geisterjäger Audio-Guides im *Rye Heritage Centre* auszuleihen. Louisa und ihr Team sind außerordentlich hilfsbereit.

Der historische Rahmen im Buch gibt den aktuellen Stand der Geschichtsforschung wieder.

Der Rest – Alles – ist frei erfunden.

Alles. Bis auf die Geister selbstverständlich.

Michaël Blümel
Rye Harbour
2019

I

Rye ist eine kleine, mittelalterliche, mit dem Meer verbundene Hafenstadt.

Sie gilt als eine der Städte in England, in denen es heftig spukt. Dutzende von Geistern wurden bisher in Rye gesichtet, bestätigt und bezeugt. Die Literatur dazu füllt ein Regal. Manche Erscheinungen sind ausführlich dokumentiert, manche nur ganz wenigen Menschen bekannt.

Beim Studium der einzelnen Beobachtungen, Zeugenaussagen und dem Versuch, daraus eine Geisterlandkarte zu zeichnen, bekommt man faszinierende Innenansichten in Familiengeschichten und Intrigen. Hier liegt oft der Schlüssel verborgen, warum ein Geist nicht zur Ruhe kommen kann und heute noch, manchmal nach Jahrhunderten, spukt. Tragödien, Kummer und manchmal Hass sind der Ursprung der Echos aus der Vergangenheit, die in unsere Gegenwart hineinschwingen und ihre Spuren in Rye hinterlassen.

Rye und *England* sind der Rahmen, in dem wir uns bewegen werden. England ist der bevölkerungsreichste Teil Großbritanniens. Großbritannien heißt die Insel, die aus England, Schottland und Wales besteht. Großbritannien und Nordirland bilden zusammen das Vereinigte Königreich. Verwirrend ist zugegebenermaßen, dass das Vereinigte Königreich das Kfz-Nationalitätszeichen *GB* führt, das sich aus Great Britain herleitet. Das UK ist der einzige Staat auf der Welt, auf dessen Briefmarken das Ursprungsland nicht vermerkt ist; das Bild der Königin reicht aus. Durch die Britische Monarchie steht das Vereinigte Königreich ferner in einer losen Beziehung zu fünfzehn *Commonwealth Realms*, deren Staatsoberhaupt der britische Monarch ist. Diese sind jedoch nicht nur selbständige Staaten, sondern bilden auch jeweils eigenständige Monarchien.

Dieses Buch handelt auch von *ghosts* – Geistern. Dazu kommen ein paar *poltergeists* – englisch für Poltergeister. Jeder möchte gerne einer dieser Geister entdecken. Sicheres Anzeichen für eine Geisterjagd ist, dass alle Teilnehmer erwarten, einen Geist zu sehen, was höchstwahrscheinlich nicht gelingen wird. Es ist praktisch unmöglich, ein solches Wesen in einen Hinterhalt zu locken.

Sehr viel wahrscheinlicher ist es, dass man aus den Augenwinkeln heraus in einem Moment, in dem man es am wenigsten erwartet, den Blick auf eine mysteriöse Gestalt wirft. Plötzliches Frösteln oder ortsfremde Gerüche können die Anwesenheit von Geistern anzeigen, genauso wie das unheimliche, aber bestimmte Gefühl, beobachtet zu werden.

Einige Geister in Rye können eindeutig zugeordnet werden. Andere sind völlig unbekannt und bieten für ernsthafte Geisterforscher ein zukünftiges Betätigungsfeld. Geister tragen keinen Ausweis bei sich, oder ein Namensschild mit persönlichen Daten, mit denen man ihr früheres Dasein zu mindestens einer Epoche nach zuordnen kann. Über ein paar wenige Geistern und ihrem Ursprung sind ausführliche Unterlagen zu finden. Bei den meisten Geistern ist man auf ihre Bekleidung angewiesen, um über den *dress-code* eine Vorstellung davon zu bekommen, wann die dazugehörenden

Menschen gelebt haben, und seit wann sie ihrem post-mortem-Job nachgehen.

Die folgenden Schnappschüsse aus der Schnittmenge zwischen englischer und Ryer Vergangenheit sind deswegen hilfreich, weil Geistererscheinungen in ihrem historischen Zusammenhang besser zu verstehen sind. Eine Lehrerin und Bürgermeisterin aus Rye hat vor zwanzig Jahren mehrerer Arbeitsgruppen koordiniert, die sich der Mühe unterzogen, alle verfügbaren Zeugenaussagen zu Geistererscheinungen – also Beobachtungen sich materialisierender Geister – in und um Rye namentlich in Protokollform zu erfassen und so eine Bestandsaufnahme geschaffen.

Sich materialisierende Geister sind Boten von Menschen oder von Tieren, die in der Regel gewaltsam zu Tode kamen. Auch gewaltsam zerstörte Gegenstände, wie zum Beispiel das Schloss von Hastings oder der *Fliegende Holländer*, materialisieren sich in Geistern. Am 18. Juli 1881 befand sich der englische Prinz Georg, der spätere König Georg V., an Bord der S.M.S. Bacchante auf einer Kreuzfahrt um die Welt. Der Prinz selber schrieb an diesem Tag ins Logbuch: »Während der Mitternachtswache kreuzte der sogenannte Fliegende Holländer unseren Bug. Sie erschien zuerst als merkwürdig rotes Licht, wie von einem vollständig glühenden Schiff, in dessen Mitte Masten, Spieren und Segel, scheinbar die einer normalen Brigg, ungefähr 180 Meter von uns entfernt, und trat deutlich hervor, als sie herankam. Unser Ausguck auf dem Vorderdeck berichtete, sie sei ganz nah an unsrem Backbordbug, wo sie auch der Wachoffizier auf der Brücke ganz deutlich sehen konnte und ebenso unser Achterdeckleutnant zur See, der sofort nach vorn zum Vorderdeck geschickt wurde, um Bericht zu erstatten zu können. Aber als er dort anlangte, fanden sich weder ihre Spuren noch irgendwelche Anzeichen eines wirklichen Schiffes, weder in der Nähe noch entfernt am Horizont.« Später an diesem Tag musste der Prinz weiter ins Logbuch eintragen: »Während der Vormittagswache fiel der Seemann, der heute Morgen als erster von dem Phantomschiff berichtet hatte, von der Quersaling der Vormarsstenge und war sofort tot.« Und als ob das nicht merkwürdig genug ist: Der Kommandant des Schiffes wurde im nächsten Hafen bald von einer lebensgefährlichen Krankheit dahingerafft. Der holländische Frachter *Straat Magelhaen* beziehungsweise sein Eigner und Kapitän P. Algra hat das Geisterschiff als derzeit letzter Augenzeuge gesehen.

Britannien hat statt des Fliegenden Holländers – des Flying Dutchman – seinen *Flying Scotsman*, einen F1-Fahrer aus der Zeit, als die Rennen noch spannend waren, und sich leider der ein oder andere reiche südamerikanische Playboy oder Europäer in ihren rollenden Särgen zu Tode fuhren. Der rabenschwarze Lotus mit goldenem John-Player-Special-Logo sah einfach nur geil aus. Ein anderer Flying Scotsman ist die schnellste Dampflokomotive, die England je baute. Im Jahr 1923 in Doncester gebaut, fauchte das racing-grüne Ungetüm mit hundert *miles-per-hour* in acht Stunden jeden Morgen um 05.45 Uhr von London nach Edinburgh. Das Teil fährt heute im strammen Alter von fast einhundert Jahren immer noch als Attraktion. Die Lokomotive war sogar schon leihweise in den USA und hat die Rocky Mountains bis San Francisco durcheilt. Jedem, der diese Maschine mit Rädern so groß wie ein Zwei-Meter-Mann sieht, zaubert das Dampfross ein Lächeln aufs Gesicht. Man kann sich dem Charme der Lokomotive nicht entziehen. Sie macht jeden glücklich, der sie sieht.

Manche Geister sind noch auf der Suche nach einem Opfer, in dessen Körper sie schlüpfen können. Ihnen gelingt noch keine Materialisierung. Aber wenden wir uns zunächst dem historischen Rahmen zu.

Das tatsächliche Gründungsdatum der Stadt Rye liegt im Verborgenen der Geschichte.

Rye gehört zum Städtebündnis der einst fünf – heute vierzehn – englischen Häfen *Cinque Ports* in Kent und Sussex, versehen mit königlichen Privilegien im Tausch gegen die Unterstützung der englischen Seestreitkräfte. Diese Städte stellten Kriegsschiffe und Besatzung für die Königin oder den König. Schriftlich und vertraglich bindend wurde das im Jahre 1278 festgehalten. Aber bereits einige Jahrzehnte vorher gab es eine mündlich vereinbarte, ähnlich lautende Verbindung des Königs mit den Hafenstädten.

Die Ursprungsfünf waren: Sandwich, Dover, Hythe, Romney, Hastings. Später kamen Rye und Winchelsea dazu.

Rye stellte bald fast der Hälfte der gesamten Kriegsschiffe für die englische Flotte und wurde so zügig zu einem der machtvollsten Mitglieder der Cinque Ports.

Jeder der jetzt sieben Häfen wurde von einem Bürgermeister und zwölf Stadträten regiert. Jede dieser Städte hatte ein eigenes Gericht, das Verwaltungsangelegenheiten regeln und alle Vergehen außer Hochverrat verhandeln durfte. Die Bürgermeister waren meist auch die Richter mit je zwei Stadträten als Beisitzer. Eine juristische Ausbildung war für diese

Aufgabe nicht gefordert. Gerichtsprotokolle wurden in diesen Stadtgerichten eher selten geführt, die Entscheidungen aber schriftlich festgehalten.

Historische Dokumente und deren Kenntnis sind in England sehr wichtig für Verwaltung und Rechtsprechung. Es existiert in England keine geschriebene Verfassung, sondern nur eine sehr umfangreiche, ungeordnete Sammlung von Dokumenten, Urteilen, Parlamentsentscheidungen, Gesetzen und Weisungen, anhand derer aktuelle Fragen behandelt und entschieden werden. Manchmal müssen die Entscheidungsträger tief graben, um fündig zu werden.

Als Elisabeth II. ihren Oberleutnant Phillip Mountbatten heiraten wollte, waren nicht alle Briten damit einverstanden. Nur ein waschechter Engländer sollte an die Seite der jungen Prinzessin treten dürfen. Hauptgegenspieler war der Bruder der amtierenden Königin, David Bowes-Lyon. Einen Unterstützer ihres Heiratsplanes fanden Elisabeth und Philipp dagegen in seinem Onkel Lord Mountbatten, der später auch der prägende Mentor von Prinz Charles wurde.

Hauptargument der Gegner der geplanten Ehe war die deutsche Verwandtschaft des möglichen Bräutigams. Man schätzte sowohl Philipp als auch seinen Onkel als gefühlskalte, ungezogene Germanen aus Battenberg in Hessen ein, genährt auch von der verständlich antideutschen Grundstimmung im Vereinigten Königreich am Ende des zweiten großen Krieges gegeneinander in einem Jahrhundert.

Die Befürworter der Verbindung suchten nun händeringend nach einer Möglichkeit, Philipp zu einem Engländer zu machen. 1944 schlug der später von der IRA ermordete Lord

Mountbatten als Lösung eine Einbürgerung vor, was zu sehr heftigen, kontroversen Debatten an höchster Stelle führte. Erschwerend kam hinzu, dass 1946 per Volksentscheid die Griechen zur Monarchie zurückkehrten, und Philipp nun Prinz von Griechenland wurde. Die Einbürgerungs-Idee fand schließlich eine Mehrheit, und so wurde 1947 – gezwungenermaßen und der Liebe geschuldet – aus dem Prinzen von Griechenland ein mittel- und heimatloser Oberleutnant Philipp Mountbatten, wohnhaft in London, Chester Street 16. Damit konnte sich das verliebte Paar, zunächst zwar nur inoffiziell, am 10. Juli 1947 dann offiziell, verloben. Durch den überraschenden Tod ihres Vaters wurde Elisabeth über Nacht Königin. Das junge Paar war gerade in Südafrika; Prinz Philipp trat im Februar 1952 allein zu seiner Frau in den Garten und überbrachte ihr die Nachricht, während die Entourage am Fenster stand und die Szene beobachtete. Ab diesem Moment hatte er nicht nur formell zwei Schritte hinter seiner Frau zu gehen, die nun Königin des Vereinigten Königreichs war. Dieser Aufgabe hat sich der eher aufbrausende und sarkastische Philipp ein Leben lang sehr diszipliniert gestellt. Lord Mountbatten verkündete fatalerweise während eines intimen Abendessens im Familienkreis, dass nun das Haus Battenberg regiere, da Philipp sicher das Heft in die Hand nehmen werde. Das war weit gefehlt. Philipp war seiner Königin immer loyal ergeben, was ihm den Respekt aller Briten einbrachte. Aus Gründen, über die man spekulieren kann, wird im Geburtsregister ab dem zweiten Kind Elisabeths, Anne, als Nachname der Abkömmlinge wieder *Windsor and Battenberg* benannt, obwohl man sich im I. Weltkrieg von deutschen Namen verabschiedet hatte.

Den ganzen verwaltungstechnischen Aufwand hätte man sich sparen können, denn 1972 zog jemand das richtige Papier aus den oben angesprochenen Staatsarchiven. Gemäß englischem Parlamentsentscheid von 1705 sind alle Nachkommen der Kurfürstin Sophie von Hannover britische Staatsbürger, damit auch Philipp bereits von Geburt an.

Die Cinque Ports werden seit Gründung des Zusammenschlusses von einem *Lord Warden* kontrolliert, einem sehr hohen Ehrenamt in England. Der Kanonengarten mit seinen Feldschlangen an der Burg in Rye wurde extra nachgebaut, als die Königinmutter in ihrer Funktion als amtierender Lord Warden im Jahr 1980 Rye besuchte. Rye demonstrierte symbolisch, wie verlässlich man zu seinen Pflichten im Schutzbündnis gegen Bedrohungen aller Art stehe. Die militärische und wirtschaftliche Allianz der fünf Gründungsmitglieder und später der sieben Hafenstädte stellte in England eine einflussreiche, politische Macht dar. Heute dient der Städtebund vorwiegend der wirtschaftlichen Zusammenarbeit der Hafenstädte an der Kanalküste Südostenglands. Nach wie vor rotiert der Vorsitz; 2019 übernimmt Rye turnusgemäß wieder für ein Jahr diese Aufgabe.

Soviel zunächst zu den Cinque Ports.

Wir springen jetzt etwas zurück in der Zeit.

Die *Römer* nutzen ab dem Jahre 43 AD *Riduna*, wie Rye damals genannt wurde, als Transithafen bei ihrer Besetzung und Kontrolle über das Land der *Cantaci* mit deren Hauptstadt Canterbury. Die Lateiner blieben für zweihundertfünfzig Jahre auf der Insel und schürften in den heutigen *High Wealds*, was einfach *Hochwälder* bedeutet, nordwestlich von

Rye Erz, verhütteten Eisen und andere Metalle, und schifften die Erzeugnisse dann auf den Flüssen *Rother* und *Brede*, die die High Wealds entwässern, Richtung Meer in den Hafen von Rye. Von da aus ging es weiter per Schiff oder über Land auf Wagen ans Mittelmeer. Spuren des weiten Landwegenetzes der Römer, ihrer Siedlungen, Villen, Badehäuser und Befestigungen in Englands Südosten sind heute noch zahlreich zu finden.

Gegen Piraten vom gegenüberliegenden, europäischen Festland und aus Skandinavien schützen die Römer die Küste im Südosten Englands mit zehn Befestigungsanlagen, die nach 410 AD, als Britannien nicht länger Teil des Römischen Weltreichs war, nicht abgerissen wurden, sondern weiter gute Dienste leisteten. Die Stadt Rye gehörte nach der ersten Jahrtausendwende der Abtei *La Trinité de Fécamp* in der Normandie. Dieses Kloster stammte ursprünglich aus dem 7. Jahrhundert und entstand um eine Reliquie mit dem Blut Jesu. Zunächst wurde für die Reliquie um das Jahr 659 im heutigen *Département Seine-Maritime, Normandie* eine Kirche gebaut, die sechs Jahre später eingeweiht und langsam zu einem Koster und Wallfahrtsort erweitert wurde. Nachdem sich die Wikinger 200 Jahre später recht gewalttätig im und am Kloster bedienten, lag das Gotteshaus fünf Generationen in Schutt und Asche. Um das Jahr 1000 begann Richard I., der in Fécamp geboren worden war, mit dem Wiederaufbau des zerstörten Klosters, den sein Sohn Richard II. mit Hilfe eines Klosterreformators namens Wilhelm von Dijon fortsetzte und dann auch mit Leben, sprich Mönchen, füllte. Das Kloster wurde nach den Regeln der Benediktiner geführt.

Herzog Wilhelm I., *William the Conquerer*, der spätere Eroberer und König Englands, hatte eine enge Beziehung zu dem,
durch Pilger sehr reich gewordenen, Kloster. Der Abt des
Klosters, Johannes von Fécamp – ein bedeutender Theologe
seiner Zeit – finanzierte Wilhelms Feldzug auf die Insel.

Der Rest ist schnell erzählt: 1106 wurde die Abtei in der
Normandie vergrößert und fiel 1168 einem Blitzschlag zum
Opfer. Eine neue Kirche im gotischen Stil wurde im 13. Jahr-
hundert fertiggestellt. Im Zuge der Französischen Revolution
wurde die Abtei 1789 geplündert und kurz darauf von den
Mönchen verlassen.

Eine Nachbildung des Klosters Fécamp in Rye entstand
unter der Bauleitung des Klosterabtes zeitgleich mit Erwei-
terungsplänen im Mutterhaus. Ab 1103 baute der Abt mit der
Kirche *St. Mary the Virgin* – im Folgenden *St. Mary* genannt –
das Original-Fécamp, das zwei Meter länger als die 2019 fast
abgebrannte *Notre-Dame* in Paris ist, in wesentlich kleinerem
Maßstab in Rye nach. Es erhob sich auf dem höchsten Punkt
der Stadt eine kreuzförmige Kirche mit dem Turm in der
Mitte; das ist eine typisch normannische Bauweise. So dominiert St. Mary seit 900 Jahren optisch den Kalkhügel, auf
dem Rye steht und hat gute und auch schlechte Zeiten gesehen. Die älteste, ununterbrochen seit 1561 arbeitende Pendel-
uhr im Land schaut vom Turm der Kirche aus die *Lion Street*
hinunter. Ihr sieben Meter langes Pendel schwingt langsam
und majestätisch über den Köpfen der Kirchenbesucher im
Inneren des Gotteshauses hin und her. Die Uhr ist draußen
mit den *Quarter Boys* verziert, die seit 1760 die Viertel-, aber
nicht die vollen Stunden schlagen. Tagesbesucher stehen oft

fünf vor Zwölf vor der Kirche und blicken zur Uhr hinauf, vergebens auf ein dutzend Glockenschläge wartend. Der gesamte Uhrmechanismus ist gut zu betrachten, wenn man die engen Holztreppen im Kirchenturm hinaufsteigt, um vom Dach des Gebäudes die grandiose Aussicht über Rye und die Marsch zu genießen.

Das Kloster Fécamp durfte in Rye Steuern und Abgaben festlegen. Es bekam, wie auch der englische Hof, einen Anteil am Fischfang und den Erzeugnissen von Rye, den Zehnten. Das war der übliche Satz. Auch auf dem Kontinent gibt es heute noch in vielen Dörfern die sogenannten »Zehntscheunen«, in denen die Abgaben an Kirche und Hof gelagert wurden. Darüber hinaus kontrollierte das Kloster einen Teil des Schiffbaus, des Salzhandels und den Verkauf der Erzeugnisse der zahlreichen Töpfereien von Rye. In Südostengland gab es damals viele Salzpfannen. Das Salz wurde zum Haltbarmachen von Fischen benötigt. Salziges Wasser als Grundlage entnahm man dem Meer. Das Holz der damals noch stehenden Wälder rund um Rye lieferte den Rohstoff für einen florierenden Boots- und Schiffsbau in Rye. Die Kombination aus königlichen Privilegien als Cinque Port und der Macht des Klosters Fécamp brachte nachhaltig Wohlstand durch Handel und Gewerbe nach Rye.

1066 landete Herzog Wilhelm I., genannt der Eroberer, mit seinen Truppen an der Südküste Englands. Die Mönche von Fécamp planten und bereiteten als Undercoveragenten die Invasion vom 28. oder 29. September 1066 vor. Das Osterfest 1066 hatte Wilhelm der Eroberer bereits im Kloster Fécamp verbracht; er ließ sich von den Mönchen neueste

Aufklärungsergebnisse aus England melden und schloss die gesamte, geheime Operationsplanung im Frühjahr 1066 ab. Eigentlich war Rye als Landungsabschnitt und idealer Brückenkopf der normannischen Truppen vorgesehen, aber heftige Ostwinde treiben die Truppentransportschiffe Ende September weiter westlich bei Pevensey an die Küste Englands.

Knapp drei Wochen später, am 14. Oktober 1066, besiegte der Normanne Wilhelm in der *Schlacht von Battle*, auch *Schlacht bei Hastings* genannt, den amtierenden englischen König Harald II., einen Angelsachsen. Harald starb den Mythen nach, wie auf dem Teppich von Bayeux zu sehen, durch einen normannischen Pfeil, der ihn ins Auge traf. Es gibt vier Versionen, wie und ob Harald zu Tode kam; dazu später mehr. Berichte aus *Battle Abbey*, nach denen ein Geist in den Klosterruinen mit einem Pfeil im Auge triefendes Blut hinter sich lassen soll, sind allerdings sehr glaubwürdig. Mit Harald endete die Regierungszeit von Angelsachsen in England. Die *French Connection* des neuen Königs Wilhelm I. mit den Mönchen von Fécamp und ihrem Ableger in Rye dürfte verhindert haben, dass Rye im Zuge der schrittweisen Übernahme Englands nach der Schlacht zerstört wurde. Der Nachbarort *New Romney*, dessen Einwohner zwei dort gestrandete Schiffe Wilhelms I. plünderten und die Besatzung töteten, wurde dagegen in einer Vergeltungsaktion verwüstet und entvölkert.

In den folgenden 200 Jahren wurde Rye bis zum Jahr 1247 zu einem der wichtigsten Häfen in und aus Richtung des »französischen« Teil Englands: die Normandie, Aquitanien mit der Hauptstadt Bordeaux und die Gascogne weiter südlich.

Rye war neben Winchelsea der Hafen, von dem aus England Handel mit Wein aus Frankreich trieb und von der aus der König zu Feldzügen einschiffte. Schiffe und Besatzungen aus Rye nahmen an Kriegen Englands gegen Irland, Schottland, Frankreich, Spanien und die Niederlande sowie an Kreuzzügen gegen Spanien und ins Heilige Land teil.

1249 beauftragte der englische König Heinrich III., immer in Sorge um die Sicherheit seines Flottenhafens Rye, den *Constable der Cinque Ports* mit dem Bau einer Burg. Diese Burg, versehen mit drei Türmen, hieß zunächst *Baddings Tower*. Das der Burg am nächsten gelegene Tor in der Stadtmauer hieß folglich *Baddings Gate*. 1430 waren die Stadtkassen so leer, dass man beschloss, die Burg zu verkaufen, um wieder flüssig zu werden. Ein gewisser *Jean de Ypres* erwarb das Bauwerk als Wohnhaus und verlieh ihm damit seinen bis heute gebräuchlichen Namen: Ypres Tower. Der Ryer spricht das [*wipers*] aus, so ist auch die umgangssprachliche Bezeichnung des *Public Houses* – Pubs – zu Füßen des Turmes. Die andauernde Bedrohung durch die Franzosen veranlasste die Privat-Familie de Ypres allerdings, den burgartigen Wohnsitz 1518 wieder aufzugeben und sich anderswo niederzulassen. Ypres Tower wurde für 26 Pfund von Rye zurückgekauft und dann als Stadt- und Kriegsgefangenen-Gefängnis für französische Kombattanten genutzt. Ein weiterer, vierter Turm wurde später als Frauentrakt des Gefängnisses angebaut. Das ehemalige Gefängnis ist Heimat einiger Geister und beherbergt heute ein Museum von Rye.

Das 13. Jahrhundert war in Rye geprägt von Gewalttaten. Waren die Seeleute von Rye nicht im Krieg, nutzen sie ihre

Freizeit für allerlei Piraterie und Schiffsplünderungen – am liebsten französischer Schiffe. Die Krone verdammte die Piraterie auf das Schärfste – und bekam stillschweigend ein Fünftel der Beute.

1204 verlor England einmal mehr gegen die Franzosen und damit die Normandie. Gegenüber dem Kanal, kaum vierzig Kilometer entfernt, war nun kein Verbündeter oder Freund mehr, sondern Feind. Viele kleine und große, bedeutende und unbedeutende, dokumentierte und vergessene See- und Landschlachten mit wechselseitigem Erfolg für England und Frankreich kennzeichnen dieses 13. Jahrhundert. Am 24. August 1217 wurde die französische Flotte bei Sandwich vernichtend geschlagen und man hatte in England ein paar Jahre Ruhe vor den Franzosen.

Wenn man etwa zwei Meilen südlich von Rye in *Rye Harbour*, *Winchelsea Beach* oder *Camber Sands* am Strand steht und den Blick übers Meer gleiten lässt, ruhen da, nicht weit vor einem und ein paar Stockwerke tiefer, Wracks aus vielen Schlachten mit ihren ertrunkenen (Seeleute mussten damals Nichtschwimmer sein, da diese ihr Schiff tapferer verteidigten), erdolchten, erschlagenen, erschossenen und von Deck gewehten Besatzungen auf dem sandigen Grunde der See. Wie viel Tausende von Geistern verbirgt das grüne Wasser diese Bucht vor Rye? Schauen diese bleichen Gestalten, das Haar voller Seetang, mit leeren Augenhöhlen auf Rye, Hoffnung und Erlösung vom nassen Grab suchend? Die Gewässer vor Rye und an der gesamten Küste sind so voller Schiffswracks, dass die Karten, die die Havarie-Stellen anzeigen, fast unübersichtlich sind. In Hastings gibt es ein *Schiffswrack-*

museum, in dem man sich ein Bild vom Ausmaß der Schiffs-schicksale verschaffen kann. Ganz nahe am Land liegt vor Winchelsea Beach das Wrack der Anne, gesunken 1690, und auch vor Camber Sands liegt ein Wrack, das bei Ebbe wenige Meter vom Strand entfernt dem Wasser ragt.

Diese Geister da unten auf dem Meeresgrund richten viel Schaden an. Die Bucht vor Rye kann tückisch sein, wenn man nicht aufpasst. Wenn der Sonnenschein bei Niedrig-wasser auf den, von der Ebbe freigegebenen Sandflächen spielt, scheint sich eine perfekte Idylle zu bieten. Das ist trü-gerisch. Gerade weil die Sandbänke so flach sind, kommt die Flut alle zwölf Stunden – besonders bei Springfluten um den Vollmond herum – mit großer Geschwindigkeit heran und überspült das Ganze schon bei gutem Wetter mit einem Ti-denhub von bis zu fünf Metern. Da, wo die nette Familie aus London – ohne jegliche Kenntnisse vom Meer und vor allem ohne Respekt vor dem Wasser – noch vor dreißig Minuten arglos mit Baby-Boy auf einer Sandbank spielte und nichts Böses ahnte, ist das Salzwasser jetzt schon einen Meter tief. Der Laufschritt ans Land, mit eilig auf die Schultern gehobe-nem Kind und ihren zusammengerafften Strandutensilien, führte sie bereits durch einen von vielen, tiefen, weit vor der eigentlichen Flutlinie überfluteten Prielen, die parallel zur Küste verlaufen und ihre Richtung ständig ändern. Nur mit dem Kind über dem Kopf gehalten kamen die Flüchtlinge hier durch. Ihr Staffordshire musste schon schwimmen. Wer nicht aufpasst, ist schnell abgeschnitten vom Land ohne es zu merken, denn man wird durch die Flut vom Festland in seinem Rücken abgeschnitten. Die Strömungen in diesen querverlaufenden Prielen und auch direkt hinaus auf See sind sehr stark. Selbst gute Schwimmer haben keine Chance gegen die Strömung. Wenn man hineingerät hilft nur, ein wenig parallel zum Land zu schwimmen. Nur so kommt man aus der ablandigen Strömung raus. Nicht jeder Stadtmensch weiß das, nicht jeder küstenfern Wohnende kann sich das vorstellen. Wenn man die Menschen auf den Sandbänken warnt, es sei nun aus Sicherheitsgründen höchste Zeit, wieder Richtung Land zu gehen, bekommt man oft bissige Antworten. In der Wahrnehmung der Tagesausflügler will man ihnen wohl den Urlaubstag verderben.

Aufgrund Unwissenheit und vor allem aus mangelndem Respekt vor dem Wasser ereignen sich tragische Todesfälle. So wie es zuletzt 2016 geschah, als sieben junge Menschen in der Bucht vor Rye und Camber Sands den Tod fanden, festgehalten von den Unterwassermächten im tückischen Treibsand nahe des Ufers und dann im erbarmungslos steigendem Wasser ertrunken. Alle waren gute und trainierte Schwimmer, aber sie hatten den fast vier Kilometer langen und bei Ebbe siebenhundert Meter ins Meer ragenden Strand unterschätzt. Wir beklagen neun Tote in vier Jahren von 2012 bis 2016. Vier davon sind solo ertrunken.

Eine Gruppe von fünf hatte in besagtem Jahr 2016 weit draußen auf dem schönen, warmen Sand Volleyball gespielt, als die Flut kam. Das Wasser kam so schnell, dass sie keine Chance hatten und vermutlich noch Zeit und Leben verloren, als sie das erste Opfer zu retten versuchten. Die Köpfe der Ertrinkenden konnten vom Ufer aus nicht gesehen werden, da sie einfach zu weit draußen waren und die Sonne an diesem

24. August strahlend schien und durch ihr Gegenlicht blendete. Die Oberfläche des Meeres sieht ruhig und friedlich aus, aber unter Wasser ist durch verborgene Strömungen der Teufel los. Im Schlauchboot oder auf einer Luftmatratze ist man hier, ohne den vielleicht warnenden Kontakt des Körpers mit dem Wasser und bei ablandigen Winden, schnell in Lebensgefahr. Jeder, der hier in der Bucht schon einmal etwas zu weit hinausgeschwommen ist, hat das gespürt. Die See zieht einen hinaus. Man bringt mit seinen Körperkräften den Sog nicht unter Kontrolle.

Wer denkt da nicht an Geister vom Meeresgrund, die gerade ihre Hand um das Fußgelenk legen, eisern zupacken und uns unter Wasser ziehen, damit wir ihnen Gesellschaft leisten. Und ob man da nun schreit oder weint – das Meer interessiert sich nicht.

Auch wenn man auf den Sandbänken spazieren geht, droht von kleinen, wassergefüllten Löchern Gefahr. Man weiß nie, wie tief diese Tümpel sind und ob sich Treibsand in ihnen verbirgt. Wer da einmal drinsteckte wird vorsichtiger, denn sich selber befreien kann man nicht. Wenn man sich mit dem linken Fuß abdrückt, um den rechten aus dem Klammergriff des Sandes herauszubekommen, saugt sich der Fuß unter Last sofort ein großes Stück tiefer. Das Gleiche passiert anschließend mit dem rechten Fuß, den man dann instinktiv durchstreckt. Man wühlt sich in Sekundenschnelle selbst in den Untergrund. Da hilft nur, sich mit ausgebreiteten Armen auf den Rücken zu legen, um den Druck auf die einsinkenden Beine zu vermindern und um Hilfe zu rufen. Die Experten kommen dann hoffentlich mit großen Pumpen und spülen den Körper frei. Rausziehen geht nicht, denn man will ja in einem Stück zurück an den sicheren Strand. Das Freispülen kann Stunden dauern, also nicht lange warten mit dem Hilferuf. Priele und Treibsandlöcher verlagern durch die Gezeiten ständig ihren Verlauf.

Trotzdem: Angst ist überhaupt nicht angebracht. Respekt vor dem Wasser und ein Tidenkalender für ein britisches Pfund, die jeweiligen Hochwasserzeiten nennend und gültig für ein Jahr überall in Rye erhältlich, reichen aus, und man verlebt wunderbare Tage an den Stränden in der Rye Bay.

Im Jahre 1247 wurde die Stadt Rye auf Befehl von Heinrich III., der sich ständig nicht nur mit Frankreich, sondern auch mit seinen aufbegehrenden Baronen herumschlagen musste, wieder rein englisches Hoheitsgebiet. Dieser Schritt ist nachvollziehbar. England war mit Frankreich im Kriegszustand. Daher war es taktisch sehr unklug, wenn der Feind Küstenstädte wie Rye sein eigen nannte, dazu noch an so exponierter Stelle. Also schloss der englische König Heinrich III. mit Hilfe des Papstes einen Vertrag mit dem Kloster Fécamp, das die ihr gehörende Stadt Rye und das *Manor of Rameslie*, ein großes Landstück zwischen Rye und Hastings, abgab. Als Ausgleich erhielt das Kloster andere englische Ländereien in Gloucestershire und Leicestershire, wohl um des traditionell guten Verhältnisses zu den Mönchen willen.

Im *Hundertjährigen Krieg*, der von 1337 bis 1453 dauerte, waren die Cinque Ports und andere Städte ständigen Überfällen und Plünderungen durch die Franzosen ausgesetzt – und umgekehrt. Die kriegserfahrenen Seeleute aus Rye konnten einen französischen Schoner schneller plündern und die

Mannschaft über Bord werfen, als »man einen Hartkeks essen kann«, wie es damals hieß. Gelegentlich hatten die Ryer allerdings leichte Probleme damit, feindliche und eigene Schiffe mit der erforderlichen Sorgfalt zu unterscheiden. Beute allein zählte.

Eine der schillernden Figuren in diesem Hundertjährigen Krieg war *Johanna von Orléans*, genannt die Jungfrau von Orléans. Sie machte den Franzosen Mut und den Engländern nur Ärger. Die junge Dame verhalf den Truppen des Dauphins zu einem Sieg über die Engländer. Danach geleitete sie Karl VII. von Frankreich zu seiner Krönung nach Reims. Nach der Niederlage der Franzosen in der Schlacht von Compiègne wurde Johanna am 23. Mai 1430 durch Johann II. von Luxemburg gefangen genommen, später an die Engländer ausgeliefert und schließlich in einem kirchlichen Verfahren des Bischofs von Beauvais, Pierre Cauchon, der pro-englisch eingestellt war, aufgrund verschiedener Anklagen verurteilt. Am 30. Mai 1431 wurde Johanna im Alter von neunzehn Jahren auf dem Marktplatz von Rouen auf dem Scheiterhaufen verbrannt. Vierundzwanzig Jahre nach der Hinrichtung strengte die Kurie einen Revisionsprozess an, in dem das Urteil aufgehoben und Johanna zur Märtyrerin erklärt wurde. Im Jahr 1909 wurde sie von Papst Pius X. selig und 1920 von Papst Benedikt XV. heiliggesprochen. Ihr Gedenktag ist der 30. Mai. An diesem Tag gedenkt man Johannas auch in der *Church-of-England*. Ein Engländer mit *British-Sense-of-Humor* hat vor ein paar Jahren am Platz des ehemaligen Scheiterhaufens in Rouen einen durchaus empfehlenswerten, mobilen Fast-Food-Stand aufgestellt. Der Name des Imbiss' lautete: »*English Grill*«.

Eine zwölfmonatige Belagerung des französischen Calais durch die Engländer endete im Hundertjährigen Krieg 1347 mit der Eroberung der Hafenstadt. Englands König Eduard III., der von 1327 bis 1377 regierte, war einer der bedeutendsten englischen Herrscher des Mittelalters. Er verfügte im Hundertjährigen Krieg über die am besten organisierten Streitkräfte Europas. Städte wurden damals nicht im Sturm genommen. Kanonen zum sturmreif-Schießen gab es noch nicht. Also belagerte man Städte und hungerte sie aus, bis sie sich ergaben. Der Überlieferung zufolge wollte Eduard aus Zorn über die zeitraubende Belagerung sechs Bürger von Calais hängen lassen. Daraufhin hat sich seine Ehefrau, die schwangere Königin Philippa von Hennegau, vor ihm hingekniet, um für die todgeweihten Feinde zu bitten, worauf Eduard diese verschonte. Calais wurde zu einem Symbol für beide Seiten. Für die Engländer war es ein wichtiger »Brückenkopf« nach Frankreich, für die Franzosen eine große Schmach.

Im Jahr 1350 schlug Eduard III. – zusammen mit seinem ältesten Sohn Eduard von Woodstock, genannt der *Schwarze Prinz* – die Spanische Flotte in der Bucht von Rye vernichtend. Vierzehn spanische Schiffe wurden versenkt und liegen heute zusammen mit vielen anderen Wracks vor Rye auf dem Meeresgrund. Der Rest der spanischen Flotte machte sich davon. Königin Philippa hat das Geschehen – sozusagen als Nachmittagsprogramm – von einer Anhöhe zwischen Udimore und Rye aus verfolgt. Eduard III. blieb fünfzig Jahre auf dem englischen Thron. Die Länge seiner Regierungszeit wird nur übertroffen von Heinrich III., Georg III., Victoria und Elisabeth II.

Aus der Ehe von Eduard III. und Philippa gingen insgesamt dreizehn Kinder hervor. Darunter waren fünf Söhne, die das Erwachsenenalter erreichten und deren Rivalitäten um die Thronfolge schließlich Auslöser der *Rosenkriege* sein sollten. Der älteste Sohn, erwähnter Eduard von Woodstock, war seit 1343 einer der ersten *Prince of Wales,* seitdem offizieller Titel des auserwählten Thronfolgers. Sein Leben war eng mit der Frühphase des Hundertjährigen Krieges Englands gegen Frankreich verknüpft. Kampf und Krieg sollten im Leben des Schwarzen Prinzen die Hauptrolle spielen. Seinen ersten militärischen Erfolg errang er in der Schlacht von Crécy, die dem Sechzehnjährigen lebenslang den Ruhm eines vorbildlichen Ritters und Truppenführers einbrachte.

Die Schlacht bei Crécy am 26. August 1346 markierte den Anfangspunkt des Hundertjährigen Krieges auf dem europäischen Festland. Die Engländer setzten gegen die damals üblichen Armbrustschützen und schwer bewaffneten Reiter Langbogenschützen ein, was entscheidend zum Sieg in der Schlacht beitrug. Die Langbogenschützen mit ihren verhältnismäßig weitreichenden, leichten Waffen gelten vielen als das Symbol für den Niedergang des mittelalterlichen Rittertums und den Beginn neuzeitlicher Kriegführung.

Das V – Zeichen aus Zeige- und Mittelfinger stammt aus dieser Zeit und war ein Signal der Langbogenschützen. Churchill zeigte im II. Weltkrieg das V gerne in Richtung der Kameras, wenn er seinen Glauben an Britanniens Sieg unterstreichen wollte. Ursprünglich bedeutet das V allerdings keineswegs *Victory*. Die englischen Langbogenschützen ließen ihre Pfeile zwischen ausgestrecktem Zeige- und

Mittelfinger sausen. Die Franzosen hackten daher jedem gefangenen Engländer mindestens diese beiden Finger ab. Mit dem V – Zeichen demonstrierten und provozierten die Engländer die Franzosen also vor einem Scharmützel: »Seht her! Ich habe noch alle Finger und werde es euch gleich gehörig besorgen«. Zu Beginn des Hundertjährigen Krieges wurden in Rye mehrere große Schiffe gebaut, deren größtes mit 244 Bruttoregistertonnen die *La Michael* war. In der Schlacht von Sluys 1340 schossen von den erhöht gebauten Decks des Schiffs die Langbogenschützen so zielgenau, dass hunderte von Feinden getötet wurden bevor die Engländer enterten und das eigentliche Handgemenge begann.

In der Schlacht von Crécy kommandierte der besagte Schwarze Prinz einen der Flügel der Armee und konnte sich mit seinen Soldaten trotz verbissener französischer Angriffe behaupten. Nach der Schlacht ist der junge Prinz über das Schlachtfeld gestreift und dabei auf die Leiche des blinden Königs Johann von Böhmen gestoßen, der sich trotz seiner Blindheit auf der Seite der Franzosen in das Schlachtgetümmel gestürzt hatte. Beeindruckt von der Tapferkeit seines Gegners nahm Eduard mit den Worten »Hier liegt der Fürst der Ritterlichkeit, doch er stirbt nicht« den Helm Johanns an sich und machte diesen zur Erinnerung an Johann zu dem seinen. Das Helmkleinod in Form von drei Straußenfedern sowie Johanns deutscher Wahlspruch »Ich Dien« findet sich seitdem im Wappen des Prinzen von Wales, dem amtierenden englischen Thronfolger.

Weitere Kriegserfolge Eduards folgten 1347 mit der erwähnten Einnahme von Calais, der Verteidigung dieser Stadt zwei

Jahre nach Einnahme und der weiter oben beschriebenen Seeschlacht vor Rye 1350. Aufgrund seiner Erfolge als militärischer Führer wurde Eduard, Prinz von Wales, zum zweiten Träger des Hosenbandordens, den sein Vater 1348 gestiftet hatte. Der Orden ist König Artus' legendärer Tafelrunde nachempfunden. Der Gründer, Eduard III., versuchte mit diesem Orden, die wichtigsten Ritter des Königreichs fester an den König zu binden. Dieser Orden ist der exklusivste Orden des Vereinigten Königreichs und eine der angesehensten Auszeichnungen Europas. Bis heute fungiert er als höchster Ritterorden des Vereinigten Königreichs, noch vor dem schottischen Distelorden und dem nicht mehr verliehenen Orden von St. Patrick, jedoch nach dem Victoria-Kreuz und dem Georgs-Kreuz als Ehrenzeichen für höchste Tapferkeit.

Träger des Hosenbandordens sind der Monarch, derzeit Elisabeth II., der Prince of Wales und maximal vierundzwanzig weitere, lebende, vom Monarchen eingesetzte Ritter. Die Mitglieder des Königshauses und ausländische Ritter zählen bei diesen zwei Dutzend nicht mit. Anlässlich ihres 80. Geburtstages ernannte Königin Elisabeth II. im April 2006 ihre Söhne Andrew, Duke of York, und Edward, Earl of Wessex, zu Rittern des Hosenbandordens. Am 5. Mai 2008 wurde Prinz William von seiner Großmutter Königin Elisabeth II. als tausendstes Mitglied in den Hosenbandorden aufgenommen. Die englische Bezeichnung des Hosenbandordens ist *Most Noble Order of the Garter*. Ein Garter ist ein Strumpfband. Es gibt mehrere Legenden, wie der Orden zu seinem Namen kam. Der galantesten Geschichte zufolge entstand der Name bei einem Tanz von König Eduard III. mit seiner Geliebten

Catherine Grandison, Countess of Salisbury. Diese verlor ihr blaues Strumpfband. Der König entkrampfte die entstandene peinliche Situation dadurch, indem er das Strumpfband aufhob und sich selbst an das eigene Bein band. Auch Männer befestigten ihre Strümpfe damals mittels Bändern. Dabei soll Eduard laut ausgerufen haben: »*Honi soit qui mal y pense*«. Dieses »Ein Schelm, wer Böses dabei denkt« ist das Motto des Ordens. Nach einer anderen Erzählung soll sich der König nach dem Missgeschick der Countess schirmend mit ausgebreitetem Mantel vor sie gestellt haben, als sie das Strumpfband wieder befestigte.

Zum einen ist das ritterliche Gesinnung mit der daraus erwachsenden Pflicht, in Bedrängnis geratene Menschen zu schützen. Das französische Motto kann sich aber auch auf Eduards Anspruch auf den französischen Thron bezogen haben. An einem Montag im Juni eines jeden Jahres, dem *Garter Day*, versammeln sich die Ordensritter in Windsor Castle. Nach einem gemeinsamen Essen im *Waterloo Chamber* gehen alle anwesenden Ordensinhaber, angeführt vom Souverän, zum Gottesdienst in die *St. George's Chapel*. Ein hübsches Gotteshaus im vor Jahrzehnten teilweise abgebrannten und wiederaufgebauten Gesamtkomplex Windsor, das man sich ansehen kann, wenn man vom Seiteneingang kommend über die Grabplatte von Heinrich VIII. bummelt und dann etwas weiter den Platz eines jeden Ritters bewundert. Bis zum Ersten Weltkrieg hingen in der Kapelle auch noch die Fahnen der deutschen Ritter des Ordens. Diese Fahnen wurden 1915 abgehängt und ihre Inhaber aus dem Ordensregister gestrichen. Es handelte sich dabei um Franz Joseph,

Kaiser von Österreich; dem deutschen Kaiser Wilhelm II.; Ernst August, Kronprinz von Hannover; Prinz Heinrich von Preußen; Prinz Ernst Ludwig von Hessen; Carl Eduard, Herzog von Sachsen-Coburg und Gotha und Wilhelm II., dem vierten und letzten König von Württemberg. Der Grund für den Rausschmiss war die tiefe Enttäuschung des englischen Königshauses über den Kriegseintritt der Deutschen gegen die eigenen engen Verwandten. Die englische Königin Victoria mit ihrem fliehenden Kinn war die Großmutter des deutschen Kaisers Wilhelm II. Und sie war die Ur-Ur-Großmutter von der regierenden Königin Elisabeth II. und gleichzeitig die Ur-Ur-Großmutter des Gatten derselben, Prinzgemahl Philipp. Wer das Gefühl hat, dass sich alle englischen Royals irgendwie ähnlich sehen, liegt da nicht ganz verkehrt. Man spricht, allerdings nur sehr verhalten und wirklich äußerst ungern, vom *chinless wonder* und den verwandtschaftlichen Beziehungen nach Deutschland. In einem Dekret am 17. Juli 1917 verzichtete König Georg V. für sich und seine Familie auf alle deutschen Titel und rief seine im Vereinigten Königreich lebenden Verwandten dazu auf, dasselbe zu tun. Gleichzeitig nahm Georg V. für sich und seine Familie den von Windsor Castle abgeleiteten Namen *Windsor* anstelle des bisherigen Namens *Sachsen-Coburg und Gotha* an. Die Nachkommen aus der am 10. Februar 1840 geschlossenen Ehe von Königin Viktoria und Prinz Albert von Sachsen-Coburg und Gotha hatten diesen Namen bisher getragen. Die Namensänderung erfolgte aufgrund innenpolitischen Drucks und um die britisch-patriotische Orientierung der königlichen Familie im Spannungsfeld familiärer Verbindungen zu betonen. Jeder

Ritter des Ordens hat also seinen eigenen Sitz im Chorgestühl der Kapelle in Windsor. Über ihm hängen sein Wappen auf einer emaillierten Metallplatte, sein Banner und die Helmkleinodien seines Wappens. Die Insignien werden nach dem Ableben des Ritters an den Orden zurückgegeben. Die Familie erhält das Banner zurück und die Helmkleinodien gehen an das für England und Wales zuständige Heraldik-Amt in Londons Victoria Street. Nur das Emailplättchen verbleibt am Platz.

Der zweite Ritter des Ordens, jener Eduard, der Schwarze Prinz, starb am 8. Juni 1376 zu Lebzeiten seines Vaters an der Ruhr. Er wurde in der Kathedrale von Canterbury beigesetzt, wo sein monumentales Grabmal und seine Rüstung besucht werden können.

Da der älteste Sohn des Schwarzen Prinzen schon als Kind gestorben war, wurde Richard, der zweitälteste, aber ebenfalls noch minderjährige Sohn des Schwarzen Prinzen nach dem Tode seines Großvaters Eduard III. als *Richard II.* König von England. Von ihm bekam Rye zunächst mündlich die Rechte als Chinque Ports. Er pflegte einen aufwendigen Hofstaat und war der erste englische König, der die englische Sprache beherrschte. Richard II. schaffte Französisch als Hofsprache ab, welches bis dahin im Umfeld des englischen Regenten gesprochen wurde. Er bekämpfte die Franzosen nach Ansicht seiner Landsleute allerdings nicht energisch genug, wurde deswegen im Jahr 1399 vom Parlament abgesetzt, verhaftet und verhungerte vermutlich im Jahre 1400 in Haft in Pontefract Castle.

In den Jahren 1348 und 1349, im Verlauf des Hundertjährigen Krieges, wütete der *Schwarze Tod*, die Pest, in Rye wie überall in Europa. Etwa ein Drittel der Bevölkerung Europas starb an der Epidemie, die in mehreren Seuchenzügen die Menschen bedrohte. In England wütete die Pest noch heftiger und raubte etwa die Hälfte der Bevölkerung hinweg. In Rye starben an manchen Tagen hundert Menschen. Die Menschen legten die Verstorbenen auf der Straße vor dem Haus ab. Leichensammler gingen ständig durch die Straßen und luden die Toten auf Karren, um sie aus der Stadt zu bringen. Neben *Blackadder* hat Monty Python im *Holy Grail* anschaulich verfilmt, wie man sich das vorzustellen hat: »*Bring out your dead!*«. So ähnlich kann sich das Geschehen in der Stadt vorgestellt werden.

Eine, durch die hohe Zahl an Pesttoten verursachte Wirtschaftskrise und der Mangel an männlicher Bevölkerung zur Rekrutierung brachte die Krone nach der Pest in erhebliche Schwierigkeiten. Der durch die Wirtschaftskrise verursachte Geldmangel am Hof konnte nur mit neuen Steuern gemildert werden. Diese Steuern wurden dem König vom Parlament auch genehmigt. Als Gegenleistung erhielten die Parlamentarier vom König ein Bewilligungsrecht für alle zukünftigen Steuererhebungen. Damit bekamen die Parlamente ein, über Jahrhunderte hinweg entscheidendes Machtmittel dem Monarchen gegenüber in die Hand. Die Verluste an Menschen durch die Pest zogen zunächst einen Arbeitskräftemangel nach sich. Aber von der anfänglich schweren Wirtschaftskrise profitierte vor allem die überlebende Landbevölkerung. Landarbeiter erhielten jetzt höhere Löhne, denn Arbeitskraft war ein rares Gut. Freie Bauern kauften Land und stiegen teilweise zu Großbauern auf. Die Konkurrenz durch selbst-bewirtschaftete Güter der Adligen ging zurück, da diese sich angesichts der steigenden Löhne aus der Landwirtschaft zurückzogen, vom Ackerbau ab- und der Schafzucht zuwandten. Einige kleinere, freie Bauern blieben in einer gewissen finanziellen Abhängigkeit. Die Mehrheit der unfreien Bauern erhielt von ihren Gutsbesitzern einige Rechte, die zunehmend auch schriftlich fixiert und damit gerichtlich einklagbar wurden. Bis zum Ende des Mittelalters war die Leibeigenschaft in England faktisch verschwunden. Ganze Gemeinden in der *Romney Marsh* um Rye herum starben während der Pest aus, wurden nicht neu besiedelt und verschwanden von der Landkarte. Es mag einem erscheinen, als hätte sich die Natur damals noch zu helfen gewusst. Unser Raumschiff Erde ist vermutlich für zweieinhalb Milliarden Menschen als Bewohner entworfen worden. Am 23. April 2019 um 12.13 Uhr sind es nach Weltbevölkerungsuhr bereits 7.697.919.780 Erdbewohner, dreimal so viele wie eigentlich geplant. Wir werden live dabei sein, wenn unser Boot wegen Überbelegung absäuft. Manche sagen, der Mensch ist wie Alles nur ein Versuch der Erde; und es ist keineswegs sicher, ob dieser Versuch gelingt. Vielleicht fegen wir uns einmal selber hinweg und verschwinden wie dereinst die Dinosaurier, die ihr Übergewicht nicht mehr handhaben konnten. Vielleicht sind Ameisen die nächsten Beherrscher dieser Welt. Sie scheinen besser organisiert und sozialer zu sein als wir. Wer weiß.

Nachdem die großen Pestwellen vorbei waren, erholte sich nach diesem Tiefpunkt die wirtschaftliche Entwicklung von Rye recht zügig. Es entstand eine größere Schicht einheimischer Händler mit weitverzweigten Wirtschaftsbeziehungen in der damals bekannten Welt. Zur Sicherstellung der Versorgung des umfangreichen Hofes erhielten diese Händler und auch die Handwerker Privilegien. Die englischen Eroberungen in der Frühphase des Hundertjährigen Krieges steigerten im Land die im Umlauf befindliche Geldmenge, so dass sich die Geldwirtschaft in der zweiten Hälfte des 14. Jahrhunderts durchsetzt. Klingende Münze löste den Tauschhandel ab. Rye bekam eine eigene Prägeanstalt, die in der heutigen Straße *The Mint* Geld prägte.

Noch einmal zu den Königen und einigen wenigen, für Rye wichtigen Details aus dem Hundertjährigen Krieg. Drei Tage nachdem Richard II., minderjähriger Sohn des Schwarzen Prinzen, den Thron bestiegen hatte, zerstörten die Franzosen wieder einmal Rye, dieses Mal aber außerordentlich gründlich. Alle Häuser wurden bei diesem Überfall im Jahre 1377 dem Erdboden gleich gemacht und verbrannt. Verschont blieben nur die vier Steinhäuser der Stadt: St. Mary wurde vergleichsweise leicht beschädigt, das Dach der Kirche stürzte ein und ihre Glocken wurden nach Frankreich gebracht; das Kloster blieb unversehrt; Rye Castle, der heutige Ypres Tower, stand noch; als viertes Gebäude überlebte das kleine Kloster der *Friars of the Sack*, ein gemischt männlich–weiblicher Orden in der heutigen Straße *Church Square*.

Die Kirchenglocken von Rye wurden also von den Franzosen gestohlen. Sie kehrten aber bald, wie noch zu berichten sein wird, zurück. Wenn man im Turm der St. Mary an den tonnenschweren Glocken vorbei zur Aussichtsplattform hochklettert, beschleicht den Betrachter doch Bewunderung, wie die Leute damals diese Schwergewichte heil herunter und wieder hoch hieven konnten. Für den Bürgermeister von Rye hatte der französische Überfall von 1377 noch ein übles Nachspiel. Auch davon später mehr. Die Bewohner von Rye wurden von den Franzosen größtenteils getötet. Der Überfall des Jahres 1377 hatte auch ein Gutes. Auf Antrag der Bürger von Rye genehmigte der König ein paar Jahre später den Bau der Stadtmauer, von der wir heute noch einige Reste in der Stadt finden. Das *Landgate*, das Tor ins Hinterland von Rye Richtung London, als letztes erhaltenes von einst vier Toren, war bereits 1329 errichtet worden. Es ist ein historisches Bauwerk in der Stadt, in dessen Erhaltung Stadt, Bezirk und Initiativen viel Aufwand stecken. Auch die Geister von Rye machten sich nach dem Überfall 1377 erste Gedanken über ihre eigene Verteidigung.

Am Ende des Hundertjährigen Krieges steht England vor der Tatsache, dass es alle seine Besitzungen auf dem Festland in Frankreich verloren hat.

Die sich in der englischen Geschichte direkt an den Hundertjährigen Krieg anschließenden *Rosenkriege – Wars of the Roses –* waren die von etwa 1455 bis ungefähr 1485 geführten Kämpfe zwischen den beiden rivalisierenden englischen Adelshäusern *York* und *Lancaster*. Unter anderen wechselten sich Eduard IV. und Heinrich VI. gegenseitig als Könige ab. Beim Auswendiglernen der englischen Regenten muss man einen klaren Kopf und die Übersicht behalten.

Während der mehr internen Streitigkeiten in den Rosenkriegen setzte in außenpolitischen Belangen der englische König Eduard IV., unter anderem von Rye aus, mit 46.000

Mann nach Frankreich über. Der englische König handelte dort mit dem König von Frankreich einen Vertrag aus und erhielt ohne Blutvergießen eine hohe Pension im Tausch gegen Nichtangriff und Rückkehr nach England. Deal. Seinen Bruder Georg schaltete Eduard IV. in den Rosenkriegen aus, indem er wie üblich einen Hochverratsprozess gegen ihn einleitete. Am 18. Februar 1478 wurde George stilvoll in einem Fass Malvasier-Wein ertränkt, nachdem er sich durch einen letzten Gnadenakt seines Bruders die Todesart selbst hatte aussuchen dürfen.

Das Königshaus Lancaster stellte mit Heinrich VI. einen geistig umnachteten Monarchen. Seine französische Ehefrau regierte für ihn, was eine Scham und Schande für alle Engländer war. Des Weiteren wurde der Thronerbe von den Rivalen York angezweifelt, da es sich nach deren Ansicht um einen Bastard der vermeintlich untreuen Französin handelte. Dieser Sachverhalt trieb die Yorker, die drei gesunde Söhne vorzeigen konnten, in den Aufstand gegen den Lancaster – König, um selbst an die Macht zu gelangen. Beide Adelshäuser waren verschiedene Zweige des Hauses Plantagenêt und führten ihre Stammlinie auf jenen König Eduard III. zurück. Daraus leiteten beide ihren Anspruch auf die englische Krone ab.

Etwa hunderttausend Kämpfer starben in den Rosenkriegen. Das waren zehn Prozent der männlichen Bevölkerung Englands. Die Auseinandersetzungen forderten einen hohen Blutzoll auch unter dem britischen Adel. Durch die Rosenkriege wurden die männlichen Linien beider kriegführender Häuser gekappt. Das öffnete einem walisischen Geschlecht, den *Tudors*, einer mütterlichen Linie des Hauses Lancaster, die Tür zum englischen Thron.

Familie Tudor ist eine Dynastie, die das Königreich England und Irland von 1485 bis 1603 regierte. Fünf Tudors trugen in diesen Jahren die Königskrone. Die Familie wurde von Owen Tudor begründet, der in der ersten Hälfte des 15. Jahrhunderts lebte und die Königinwitwe Katherine de Valois heiratete. Die Stammlinie starb mit dem Tod der kinderlosen Königin *Elisabeth I.*, die zwischen 1558 und 1603 regierte, aus. Elisabeth I., die Tochter von König *Heinrich VIII.* und *Anne Boleyn*, wurde 1558 nach dem natürlichen Tod ihrer Halbschwester *Mary I.*, der Tochter der ersten Ehefrau Heinrichs VII., zur Königin gekrönt.

Elisabeth I. begann ihre Regierungszeit als Souverän eines armen, von religiösen Konflikten zerrütteten Landes, das sich mit Frankreich im Krieg befand und von Spanien bedroht wurde. Über ihre lange Regierungszeit hin verbesserte sie den Zustand ihres Königreiches stetig zu einem »Goldenen Zeitalter«. Da ihre Geschwister Eduard und Mary vor ihr gestorben waren, und sie selbst nie heiratete, um ihr Land vor dem Einfluss eines fremdländischen Königs zu bewahren – nur ein anderer König wäre die einzig angemessene Partie für eine Königin gewesen – endete die Linie der Tudors mit ihr. Wir werden diese offensichtlich erfolgreiche Königin und ihre Beziehungen zu den Geistern in Rye noch näher kennenlernen.

Die Stadt Rye war, wie wir wissen, bereits vor Tudors einer der bedeutendsten Schiffssteller für Englands Flotte. Es gibt ein Gemälde in der Nationalgalerie in London, das Königin

Elisabeth I. auf einer Landkarte von England stehend zeigt. Es handelt sich um das *Ditchley Portrait* von Marcus Gheeraerts dem Jüngeren. Das Bild zeigt auf der am Boden ausgebreiteten Karte von England an der Küste von East Sussex nur zwei Häfen: Chichester und Rye. Zu Tudor-Zeiten kreuzten bis zu vierhundert Schiffe im *Puddle*, dem Gewässer westlich von Camber in der Bucht von Old Winchelsea und Rye. Der *Wainway* war eine Bucht im Landesinneren, die Rye umschlang. Mit hohen Kiesbänken als natürliche Mole bot die Bucht Sicherheit vor den Meeresgewalten. Auch vergleichsweise große Schiffe der Zeit konnten hier Schutz vor Sturm und Seegang finden.

Der *Strand*, der heutige *Strand Quay*, die Straße direkt am Kai von Rye war zu Elisabeths Zeiten durch eine überaus bunte Menschenmenge belebt. Neben Bewohnern von Rye, einigen Zollbeamten und anderen Gestalten von außerhalb waren dort am Hafen allerlei Handwerker, Fischer, Dienstboten, Seilmacher, Köhler, Fellhändler, Zimmerleute, Korbflechter, Soldaten, Seeleute, Zauberkünstler, Wirtsleute, Dachdecker, Steinmetze, Mönche, Nonnen, Geschichtenerzähler, Wahrsager, Scharlatane, Schiffsbauer, Taschendiebe, Beutelschneider, Schausteller, Wunderheiler, Tagelöhner, Huren, Bettler, Händler. Dazu gesellten sich Menschen auf dem Weg von und nach Frankreich, Durchreisende aller Art. Außen an den Schuppen und Häusern hingen überall Fische – Makrelen, Dorsche, Aale – zum Trocknen. Kinder verkauften Shrimps, die sie vorher aus dem gestrandeten Seegras gepuhlt und dann gekocht hatten. Der Fischgeruch überall in der Stadt mischte sich mit anderen, intensiven

Stadtgerüchen, dem Rauch aus den Kaminen, dem Teer der Schiffe und der Meeresbrise. Toiletten innerhalb der Häuser gab es noch nicht.

Es ist Mittagszeit. Viele Menschen sind in Rye unterwegs, um Wasser aus den Brunnen und Bier in Krügen aus einer der vierundvierzig Kneipen von Rye zu holen. Wasserleitungen bis in die Häuser sind unbekannt.

Die eigenen Beine sind für die Masse der Menschen das einzige Fortbewegungsmittel. Der einfache Mann kommt in seinem Leben aus einem Drei-Meilen-Radius nicht hinaus, es sei denn, er ist Seemann oder Soldat. Frauen der unteren Schichten finden ihr Eheglück in Rye oder einem der Nachbarorte, je nachdem wie weit ihr Verehrer bereit war, für die Liebste zu gehen. Manchmal bringen Seeleute ihre Bräute von fernen Häfen aus England, aus Cornwall oder bildschöne Exoten aus Übersee mit nach Rye. Jeder kennt jeden. Viele sind verwandt oder verschwägert. Beim Stadtbummel bleibt man ständig stehen, um mit einem Bekannten ein Schwätzchen zu halten. »Was gibt es Neues?«

John Dee hat sich heute unter die Menschenmenge gemischt. Man nennt ihn den *Merlin von Königin Elisabeth*. Er ist berühmt für seine Zauberkünste und sein Wissen über Okkultismus. Im Ort *Wooton-in-the-Dale* hat er im Jahre 1581 Nekromantie eingesetzt, um mittels dieser Totenbeschwörung mit einem Geist in Verbindung zu treten.

Auch der Spion John Fletcher – nicht zu verwechseln mit dem Dramaturgen John Fletcher aus Rye – mischt sich unauffällig unter die Leute. Er berichtet regelmäßig nach Frankreich in dieser Zeit des Wandels. Die ersten Schiffe mit

Kanonen werden gebaut, und das hat Einfluss auf die Kriegs-
führung. »Früher standen sich die Menschen näher, weil ihre
Waffen nicht so weit reichten« denkt er bei sich. Aber auch
die Holz- und Eisenlieferungen aus den High Wealds sind
für ihn interessant. Diese werden für die Flotte der Tudors,
für den Schiffs- und Kanonenbau in Ryes Speichern auf den
Weitertransport oder die Verarbeitung vor Ort vorbereitet.

Alle Stände zog es damals an den Hafen. Dort war immer
Bewegung. Es gab Neuigkeiten und Tratsch. Man konnte
sehen, welche Waren von den Schiffen in die Speicher der
Stadt umgeschlagen wurden und umgekehrt. Man konnte
die jeweilige gesellschaftliche Stellung des Gegenübers am
Hafen recht gut an seiner Kleidung ablesen. Was man am
Leib trug, war quasi die Visitenkarte. Kleider machten Leute.
Die Gattin eines Handwerksmeisters, Beamten oder Händ-
lers bekleidete sich im Alltag mit einer Kombination aus
Rock und Jacke. Bei nicht körperlich arbeitenden Frauen der
Mittelschicht folgten Zuschnitt und Verzierungen der herrschenden Mode. Arbeitende Frauen trugen im Alltag typischerweise T-förmig geschnittene, lose sitzende Jacken, die
vorn überlappten und von einer Schürze am Platz gehalten
wurden, dazu einen knöchellangen Rock, ein Schultertuch
und eine Haube. Das Korsett der Arbeiterinnen war weniger
steif als die der feinen Damen, um mehr Bewegungsfreiheit
zu ermöglichen. Ein Hemd konnte lose angesteckte Ärmel
haben, so dass es sich erübrigte, eine Jacke darüber zu tragen,
was Ausgaben für Bekleidung sparte. Körperlich arbeitende
Männer trugen statt der üblichen Weste-Rock-Kombination
ebenfalls meist Ärmelwesten. Anders als der Rock hatte die

Weste keine Ärmelaufschläge, die bei der Arbeit im Weg sein konnten, und keine weiten Rockschöße, so dass sie sparsamer im Stoffverbrauch und damit billiger in der Herstellung war. Die Kniehosen waren, je nach Beruf, zuweilen etwas weiter geschnitten als in der Oberschicht üblich, um größere Bewegungsfreiheit zu ermöglichen. Die Unterkleidung war für alle gesellschaftlichen Schichten in etwa gleich. Für Männer und Frauen bestand die Unterkleidung aus dem Hemd und Strümpfen. Männer- und Frauenhemden unterschieden sich im Schnitt ein wenig, waren aber beide aus Rechtecken und Dreiecken so zusammengesetzt, dass möglichst wenig Stoff verschwendet wurde. Männerhemden reichten bis etwa Mitte Oberschenkel, die Ärmel bis zum Handgelenk; sie hatten einen Kragen und Manschetten. Frauenhemden reichten mindestens bis gut über die Knie, die Ärmel aber nur bis zum Ellenbogen. Der Halsausschnitt war groß genug, das Dekolleté freizulassen. Das bevorzugte Material für die Unterwäsche war Leinen, das auch bei heißer Wäsche und starkem Rubbeln lange hielt. Strümpfe konnten aus Leder, gewebtem Stoff oder gestrickt sein. Gestrickte Stümpfe waren entweder recht grob oder, wegen des hohen Arbeitsaufwandes für feines Gestrick, sehr teuer. Strümpfe reichten bis über die Knie und wurden – bei Frauen wie Männern – von Strumpfbändern gehalten, die um die schmale Stelle zwischen Knie und Unterschenkel gebunden wurden. Ein rein weibliches Stück Unterwäsche war die Schnürbrust, die von Frauen aller Gesellschaftsschichten getragen wurde. Ungebleichtes oder grobes Leinen war billig, so dass ärmere Leute es auch für Oberbekleidung benutzten. Je feiner gesponnen und je heller gebleicht der Stoff war, desto teurer war er. Die feinsten, fast durchsichtigen Leinenstoffe dienten den Wohlhabenden für Ärmelvolants, Jabots, Hauben, Schulter- und Taschentücher. Wolle der einfacheren Qualitäten war ähnlich billig wie Leinen und daher bei der armen Unterschicht beliebt. Feinere Qualitäten wurden für Alltagskleidung der Mittelschicht benutzt, vor allem im Winter, für Jagd- und Reitkleidung sowie für Mäntel. Nicht versponnene Wolle diente als Wattierung in Männeranzügen und gesteppten Frauenröcken. Ein wichtiges Anliegen in der Mode der gehobenen Schichten war die Formung des Frauenkörpers mithilfe von Korsett und Reifrock. Das Korsett wurde aus Buckram, einem kräftigen Gewebe gefertigt und mit Fischbeinstäben verstärkt. Fischbein wurde aus den Barten von Walen hergestellt, mit denen diese Meeressäugetiere ihre Nahrung Krill, kleine Krebse, aus dem Wasser filtern. Vorne in der Mitte des Korsetts gab ein Holz- oder Fischbeinstab dem Korsett noch mehr Stabilität. Dieser Stab konnte mit geschnitzten, anzüglichen Bildmotiven verziert sein und wurde gerne von den Herren als Geschenk an die Geliebte übergeben. Das Korsett lief am Bauch spitz zu, um die Taille noch schmäler wirken zu lassen und um unter dem Unterrock zu bleiben, der darüber getragen wurde. Zur Regierungszeit von Elisabeth war die Taillenlinie meist noch gerade und lag etwa auf Höhe der natürlichen Taille der Trägerin. Die Öffnung des Oberteils der Bekleidung lag vorne, linksgeknöpft mit einer Reihe von Nadelknöpfen, mit denen es zugesteckt wird.

Linksgeknöpft deswegen, weil die Kammerzofe gegenüber der anzuziehenden Person stand und – rein statistisch gesehen – wahrscheinlich Rechtshänderin war. Aus dieser Tradition haben auch heute noch Damenblusen von Qualität die Knöpfe links und Herrenhemden die Knöpfe rechts. Männer, mit Masse auch Rechtshänder, zogen sich damals alleine an und brauchten keinen Gegenüber zur Hilfe beim Zuknöpfen. Daher saßen die Knöpfe bei ihnen rechts am Hemd, auf der Seite der Arbeitshand.

Später entwickelte sich der kegelförmige Reifrock der Damen zu einem zylinderförmigen Bekleidungsstück. Er begann ab der Taille mit einem großen, radartigen Untergestell und fiel dann tonnenartig zu den Füßen herab. Zur Zeit der Tudors hatten die Kleider entweder einen eckigen oder runden Ausschnitt oder waren bis zum Hals geschlossen. Optisch bestehen diese Kleider aus zwei Teilen. Zum einem dem Kleid mit vorne geöffnetem Rock und zum anderen dem Rock darunter. In aller Regel waren der untere Rock und die Unterärmel farblich und stofflich vom eigentlichen Kleid abgesetzt. Die gebauschten Ärmel gehören nicht zum Kleid dazu, sondern wurden mit Bändern auf der Höhe des Ellenbogens an das Kleid angesteckt. So konnte man preisgünstig variieren. Die prächtigen und wertvollen Kleider konnte man praktisch nicht waschen. Die einzige Möglichkeit einer Reinigung war Lüften und Ausklopfen. Die Waschsubstanzen des 16. Jahrhunderts – hauptsächlich handelte es sich um Kernseife – hätten die zarten Stoffe zerstört. Dafür wusch man die leinene Unterwäsche sehr regelmäßig und wechselte auch oft die Bettwäsche. Frauen der arbeitenden Bevölkerung trugen ihr Haar, solange sie unverheiratet waren, offen oder mit Bändern zusammengebunden. Verheiratete waren im wahrsten Sinne des Wortes unter der Haube.

In Rye streiften Pilger auf dem Weg nach Santiago de Compostela und sonstige Wallfahrer umher. Sie alle warteten auf ihre Überfahrt per Schiff oder die Postkutsche ins Landesinnere. Manche von diesen Gläubigen suchten vor der Weiterreise Sammlung in St. Mary. Die lange Bauzeit dieser Kirche spiegelt sich in den verschiedensten Architektur- und Baustilen wider, die die Pilger beim Betrachten entdeckten. Vor dem Bau der Burg in Rye war der Kirchturm der einzige Ausguck der Stadt: »Waren Feinde im Anmarsch?«

Direkt an der Kirche St. Mary in Rye befindet sich der alte Friedhof, der bis ins Jahr 1854 für Begräbnisse genutzt wurde. Zu dieser Zeit lagen die Gräber bereits fünf Stockwerke unter- oder übereinander, je nach Sichtweise. Der Friedhof ist geologisch der höchste Punkt der Innenstadt. Im Südteil der Kirche befindet sich ein Tor zum Friedhof hinaus, das, seit es Honoratioren in Rye gibt, der neu gewählte Bürgermeister und sein Rat nach Erhalt des Segens der Kirche zur Amtsübernahme durchschreiten.

In der *Market Street* – dem langen Marktplatz von Rye – nördlich der Kirche herrschte im Mittelalter und Spätmittelalter reges, streng kontrolliertes Gewerbe. Auch ein untersetzter, etwas wirrer Schlachter, von dem wir noch ausführlich hören werden, betrieb dort zeitweise eine Gaststätte, das *Flushing,* und dahinter, ein paar Treppenstufen hinab, sein Schlachthaus mit Fleischerei. In dieser Marktstraße von Rye fanden die einfachen öffentlichen Bestrafungen – wie zum Beispiel »an-den-Pranger-Stellen«- statt. Pranger stehen als

Relikte einer vergangenen Zeit heute noch in der Stadt, unter anderem unterhalb des Wipers. Gelegentlich, zum Beispiel am *Red Nose Day*, stellen sich die Chefs der einen oder anderen Firma da hinein, und die Angestellten dürfen ihren Vorgesetzten am Pranger klatschnasse Schwämme ins Gesicht schmeißen. Dafür müssen sie vorher eine kleine Spende für einen wohltätigen Zweck wie zum Beispiel dem *Comic Relief* in eine Kasse zahlen. Alle haben viel Spaß und lachen sich kaputt. Die Spende wird dann dem jeweils begünstigten Träger überreicht.

Ungezogene Schuljungen bekamen in der Market Street nach der Schule ihre Tracht Prügel, die der *Town Crier* – der Ausrufer – en bloc verabreichte. Wegen seiner Handglocke wurde dieser Ausrufer auch *bellman* genannt. Manche Town Crier trugen statt der Glocke eine Trommel oder eine Trompete. Gemeinsam war und ist allen Ausrufern eine mächtige Stimme, die man drei Straßen weit hören kann. Der Town Crier half bei Bedarf und um sich dazuzuverdienen dem Henker, leblose Körper vom Galgen vor der Stadtmauer abzuschneiden; oft war er auch nebenbei der Nachtwächter, der die Straßenlaternen löschte. Hauptsächlich aber gab der Town Crier mündlich und lautstark bekannt, was die Bürger so an amtlichen Bekanntmachungen wissen mussten: Welche Abgaben waren an Kirche und Hof zu leisten; welche Entscheidungen hatten der Rat und das Gericht gefällt; welche Fische durften gefangen werden; welche Straßensperrungen waren vorgesehen; wann war Schonzeit und das Angeln von Lachsen im Rother verboten; wann weilte der reisende Zahnarzt – einfaches Zahnziehen und Schönheitsoperationen konnte von der Ausbildung her auch der Barbier erledigen – vermutlich wieder in der Stadt; welche Strafen waren wann gegen wen verhängt worden; was gab es am Hof Neues und Wissenswertes; welche Bauvorhaben waren in Planung; wo waren freie Stellen; wann war der nächste Viehmarkt. Auch wurden die Tage bekanntgegeben, an denen in den zahlreichen Brauereien Ryes Bier gebraut wurde. Diese Bekanntmachung war verbunden mit der Aufforderung, das Entsorgen menschlicher Ausscheidungen in den Fluss einen Tag vorher zu unterlassen, weil man für das Bier halbwegs sauberes Wasser brauchte. Wein und Bier waren damals auch schon für Kinder die meistkonsumierten Getränke. Das Wasser in den Städten, insbesondere in London, war einfach zu dreckig zum Trinken.

Es gab damals keine Zeitung, kein Radio, kein Smartphone und kein Twitter, dafür aber die Town Crier. Noch heute verzeichnet die *Sehr Hochwohllöbliche und Ehrenwerte Gilde der Town Crier* viele Dutzende männliche und weibliche Mitglieder in Großbritannien, die einem strengen Ehrenkodex unterworfen sind. Ihre Aufgaben sind heute eher folkloristisch, geben aber Zeugnis vom Traditionswillen der Nation.

Nach dreimaligem Läuten seiner Handglocke beginnt der Town Crier stets mit den Worten »*Oyez! Oyez! Oyez!*«. Das ist eine Verballhornung des Französischen »écoutez«, »hört mal zu«. Nach dann folgender mündlicher, lauter und deutlicher Bekanntgabe der öffentlichen Mitteilung endet er oder sie mit »*God save the Queen/King*«. Früher nagelte der Town Crier nun die verlesene Nachricht – für die, die lesen konnten – an den Türpfosten, den *post* der nächsten Kneipe. Daher stammt der Begriff *posten*. Auch die kleinen gelben Zettel *post-it* und die *Post* selber als Nachrichtenüberbringer kommen von dem Wortstamm *post*, vom Kneipen-Türpfosten als Schwarzem Brett des Town Crier.

Am 27. August 1572 landeten mehrere nicht angekündigte und überbesetzte Flüchtlingsboote in Rye. Voller sprachlosem Entsetzen lauschten die Bürger der Hafenstadt den Berichten der von Bord gehenden *Hugenotten*, französischen Protestanten, die letzte Nacht im Schutz der Dunkelheit aus Frankreich geflohen waren und nun Asyl in Rye erbaten. Drei Nächte zuvor, am St. Bartholomäus-Tag, waren in Paris und Umgebung etwa 40.000 Hugenotten von Franzosen brutal massakriert worden. Die Glaubensbrüder und -schwestern hatten sich mit ihren Kindern in Paris versammelt, um die Hochzeit des jungen Protestanten Heinrich von Navarra mit Margarete, der katholischen Tochter der Regentin Katharina von Medici, einer Frau mit dem Gesicht einer Schlange, fliehendem Kinn und kalten Augen, friedlich zu feiern. Ebenjene Katharina hatte den geschilderten Massenmord als Vorsichtsmaßnahme initiiert. Sie glaubte, dass die Hugenotten ihre königliche Familie zu ermorden planten. In Rye setzte sich daraufhin die Meinung fest, dass – was immer sie auch behaupteten – die Franzosen eine mörderische, anti-protestantische Politik verfolgten. Viele Tausend Hugenotten kamen in diesen Tagen nach England. In und um Rye ließen sich hugenottische Familien nieder. Sie begannen fleißig und erfolgreich, Gewerbe und Handel zu betreiben, die Stadt so zu bereichern sowie den urbanen Horizont zu erweitern. Mancher französisch klingende Familienname in Rye zeugt heute noch von diesem Einwohnerzuwachs.

Im *Juli 1789* kamen nochmals hunderte von Flüchtlingen aus Frankreich in offenen Booten in Rye an und stolperten erleichtert aus den wackeligen Dingis auf den Strand. Sie waren aus unterschiedlichen Gründen dem entflohen, was man einmal die Französische Revolution nennen würde. Am 14. des Monats hatte ein Mob das verhasste Gefängnis von Paris, die Bastille, gestürmt, und seitdem floss mehr Blut als sonst schon üblich in Frankreich. Das französische Volk erhob sich gegen die Tyrannei der Herrschenden, wie die Flüchtlinge berichteten. In Rye und natürlich in London beobachteten die Regierenden nervös das, was sich da so in Frankreich tat. Der englische Premierminister William Pitt blieb zwar äußerlich ruhig, aber er teilte die Sorge von Westminster, dass die Vorgänge in Frankreich das alte Europa wie in einem Flächenbrand in einen großen Krieg stürzen könnten.

Eine Europäische Union EU gab es damals natürlich noch nicht. Es waren zwei Kriege im 20. Jahrhundert nötig, um nach dem Waffenstillstand 1945 zunächst über eine Europäische Wirtschaftsgemeinschaft EWG, dann über eine EU ernsthaft nachzudenken. Man versuchte eine dauerhaft friedliche, wirtschaftlich-, finanziell-, sicherheitspolitisch- und kulturell zusammenarbeitende Binnenstruktur Europas. Wem an der EU manchmal Zweifel kommen, möge bitte über Soldatenfriedhöfe – irgendwo in Europa oder Übersee – mit ihren Millionen Kreuzen gehen, um wieder zu verstehen, worum es – bei allen Querelen – eigentlich geht.

Ryes *Gerichtsbarkeit* fand ebenfalls in besagter Market Street statt. Ab der Fertigstellung im Jahre 1743 fanden Gerichtstage im Rathaus, der *Town Hall*, statt. Die Town Hall wurde auf den Fundamenten von – vermutlich – drei ehemaligen Gerichtsgebäuden gebaut. Während des Baus der Town Hall in den Jahren 1742 und 1743 nutzte die Gerichtsbarkeit Ryes ein Lagerhaus am Strand. Gehängt wurde außerhalb der Stadtmauer, damit die zahlreichen Zuschauer auch ausreichend Platz und Sicht auf das Geschehen hatten. Hinrichtungen zogen in Rye und anderswo auch immer eine große Menschenmenge an, etwa so wie heutzutage die Seifenoper ManU. Im Bereich des Landgate fanden besondere Hinrichtungen statt: *hanged, drawned and quartered.* Zum Beispiel wurde nach dem Überfall der Franzosen auf Rye 1377 der Bürgermeister der Stadt, weil er mit den Franzosen unter einer Decke gesteckt haben soll, gehängt (aber nur ein wenig), ausgeweidet (aber noch nicht umgebracht, damit er seine Innereien noch betrachten kann, bevor diese auf ein glühendes Rost geworfen wurden) und abschließend vom Henker mit dem Beil oder von vier kräftigen Ackergäulen oder Ochsen in vier Teile zerlegt. Letzteres führte dann in der Regel zum Versterben der Verurteilten.

Diese doch sehr drastische Strafe war in England offiziell bis 1870 nichtadeligen Landesverrätern und Falschmünzern vorbehalten. Prominentestes Opfer war der Revoluzzer Guy Fawkes, der sich aber am 31. Januar 1606 vom Galgenpodest stürzte, das Genick brach und so der unappetitlichen Zeremonie – anders als seine Mitverschwörer im Plan, den König im *Gun Powder Plot* zu ermorden – entging. *Remember, remember, the fifth of November* lernen die englischen Schulkinder noch heute, um sich den Jahrestag des Umsturzversuches zu merken. Bonfires brennen um den fünften November überall im Land, bei denen des Datums gedacht wird. Große Gesellschaften organisieren diese Feiern, die vom Umfang her den Vergleich zu einem Kölner Karneval nicht scheuen brauchen. Immer wird ein Guy Fawkes mit verbrannt, der dann auch mal wie der amtierende Premierminister oder der örtliche Polizeipräsident aussehen kann. In Rye wird jedes Jahr ein Boot mit verbrannt, in früheren Jahren manchmal auch ohne die Erlaubnis des Bootsbesitzers. Das Boot wird brennend durch die Altstadt von Rye mit ihren engen Gassen, vielen Tudorhäusern, Holzbalken, Vertäfelungen, tiefhängenden Strom- und Telefonleitungen und niedrigen Dächern gezogen. Das ist jedes Jahr sehr amüsant. Eine von vielen Erklärungen dieses Brauches ist, dass den Franzosen gezeigt werden soll, dass ein Ryer eher sein Boot verbrennt als es einem Feind zu überlassen.

Zurück zur verhängten Strafe für Guy Fawkes. Die Idee für diese Strafe stammte aus der Bibel, dem Bericht vom Tod des *Judas* Iskariot, dessen Vorname als Synonym für Verräter schlechthin steht. Matthäus zufolge erhängte Judas sich nach der Rückgabe der dreißig Silberlinge. Lukas berichtet, dass Judas' Körper dabei aufbrach und »alle Eingeweide herausfielen«, so wie auch kürzlich bei einem gewissen Francesco von den Pazzis in Florenz. Wegen seiner negativen Prägung gilt der Name Judas in der deutschsprachigen Welt als typisches Beispiel für einen Vornamen, der dem Kindeswohl zuwiderläuft weil er ein Kind herabwürdigt. Der Vorname Judas kann deshalb von Standesämtern als Vorname abgelehnt werden. Im englischen Sprachraum ist *Jude* dagegen, wegen der weitverbreiteten Verehrung des Heiligen Judas Thaddäus, ein gebräuchlicher Vorname. Jeder kennt doch sicher die längste und erfolgreichste Single der Beatles *Hey Jude,* oder die zwischen London und Berlin pendelnde *Jude Abbott* von der OHW-Anarcho-Punk-Gruppe Chumbawamba mit *Tubthumbing,* oder *Jude Law,* den Albus-Dumbledore-Darsteller in *The Crimes of Grindelwald,* der 2004 zum *Sexiest Man in the World* gewählt wurde. Na, wenn das nichts ist. Feige Verurteilte wurden von den Zuschauern ausgebuht. Unter Bewahrung der Haltung und vielleicht mit einem lockeren Spruch auf den Lippen zu sterben, sicherte dagegen den Applaus der Zuschauer und sorgte für einen würdigen, ehrenvollen Abgang in Rye. So wie der des Verurteilten, der – vom Henker gefragt, ob er noch einen Brandy möchte – antwortete: »Danke, sehr gerne. In Anbetracht des Anlasses vielleicht einen Doppelten.« Am 6. Juli 1535 wurde Thomas Morus im Alter von siebenundfünfzig Jahren auf dem Schafott auf dem Tower Hill hingerichtet. Das Urteil sah die für nichtadelige Hochverräter übliche Todesart vor: das Hängen, Ausweiden und Vierteilen. Das Urteil wurde jedoch vom König Heinrich VIII. in Enthauptung ohne vorherige Folter abgeändert. Morus' Kopf wurde einen Monat lang auf der London Bridge zur Schau gestellt, dann von seiner Tochter Margaret Roper gegen Zahlung eines Bestechungsgeldes heruntergeholt und in der Familiengruft der Ropers in St. Dunstan zu Canterbury beigesetzt. Seinen Humor, für den Thomas Morus bekannt war, hatte er sich bis zuletzt bewahrt. Er bat den Henker, beim Zuschlagen mit dem Beil auf seinen, Morus', Bart zu achten, da dieser Bart nicht Hochverrat begangen habe.

Große Hinrichtungen hochgestellter Persönlichkeiten fanden am Tower von London statt. Am bekanntesten in der blutigen Geschichte der Tudors und Stewarts war die Hinrichtung von *Lady Jane Grey*, Königin für neun Tage und, völlig gegen ihren Willen, von den eigenen ehrgeizigen Familienmitgliedern in die Funktion gezwungen. Die ihr nachfolgende Königin *Maria I.*, »*Bloody Mary*«, ließ die kaum Siebzehnjährige enthaupten, um sicherzustellen, dass diese Jane – an vierter Stelle in der Thronfolge stehend – ihr nie mehr in die katholische Quere kommen könnte. Die Königin schickte zur Hinrichtung einen Priester, der die Verurteilte noch schnell zum katholischen Glauben bekehren sollte. Vergebens, denn Jane blieb auch am Schafott bei ihrem protestantischen Glauben. Kurz vorher war ihr ein Jahr älterer Ehegatte enthauptet worden, in dessen Blut sie zum Richtblock schritt. Sie war sehr gefasst und las laut im Gebetbuch, als der Leutnant der Tower-Besatzung sie sachte am Arm zum Richtplatz führte. Sie wurde begleitet von ihrem Kindermädchen und einer weiteren Dame ihrer Entourage. Auf dem Gerüst bat sie ums Wort und richtete an die zahlreich versammelten Zuschauer das Wort, in dem sie mit ruhiger, bestimmter Stimme sagte, dass sie hier stehe, weil sie dazu verurteilt worden sei. Sie sei niemals an der Krone interessiert gewesen und in diese Position ohne eigenes Zutun hineingedrängt worden. Daher sei sie frei von Schuld vor Gott und auch vor den jetzt zuschauenden Christenmenschen. Sie betete noch einige Verse, sprach dem sichtlich erschütterten Pfarrer Trost zu und kniete nieder. Ihre Damen öffneten ihr das Hemd am Hals, der Henker bat Jane um Verzeihung, die sie ihm »sehr gerne« gewährte. Sie fragte noch: »Werden sie mir den Kopf abschlagen, bevor ich mich auf den Block gelegt habe?« was der Henker verneinte. Sie verband sich selbst die Augen. Da sie aber zu weit vom Richtblock weg kniete, konnte sie den Holzklotz mit ihren verbundenen Augen nicht ertasten und fragte: »Wo ist er? Was soll ich tun?« Die Umstehenden waren wie versteinert. Niemand wusste, was zu tun sei, bis jemand ihr auf und nach vorne half. Dort kniete sie nieder, breitete die Arme aus und befahl sich in Gottes Hände. Ihr Ende ist ausführlich dokumentiert. Schriftsteller, Dichter, Maler und Komponisten haben dieser unschuldigen, standfesten und bewundernswerten Lady Jane Grey in ihren Werken gedacht.

Der Geist von Lady Jane streift im Tower von London umher.

Der Sinn des Lebens besteht nicht darin, Reichtümer oder Ansehen zu erwerben. Der Sinn des Lebens besteht darin, viele schöne Erlebnisse zu sammeln. Lady Jane war das zu Lebzeiten nicht vergönnt.

Zurück nach Rye, allerdings zum Level deutlich unterhalb der tödlichen Strafe für Hochverrat, Falschmünzerei, Ladendiebstahl, Schmuggel und vor allem unterhalb von Kämpfen um die Krone.

Diejenigen Damen in Rye, die wegen Zänkereien, Prügeleien, Beschimpfungen, Trunksucht, Prahlerei, Ungehorsam oder sonstigem ungehörigen Benehmens zu öffentlicher Bloßstellung und Läuterung verurteilt waren, kamen auf den *kacking stool*. Das ist ein normaler Holzstuhl ohne Sitzfläche.

Ein antikes Exemplar eines solchen Stuhls steht im Rathaus von Rye auf dem Dachboden. Klingt nicht so schlimm; aber wenn man das einmal an sich selber ausprobiert stellt man nach fünf Minuten fest, wie ungemütlich das wird. Männer wurden ausgepeitscht oder für einige Zeit an den Pranger, den Stock gestellt, wo sie betrachtet und gegebenenfalls verspottet werden konnten. Ansonsten wurden Verurteilte auch gerne gefesselt durch die Stadt geführt, die Frauen bevorzugt topless. Das war kein Voyeurismus, sondern hatte den Vorteil, dass eventuell vorhandene dritte Brustwarzen als Nebenprodukt der Bestrafung entdeckt werden konnten. Diese überzählige Papille wird vom Herrscher der Unterwelt verliehen und ist ein entlarvendes Merkmal von Hexen.

Unter Verdacht stehende Hexen wurden im Hafen der Wasserprobe unterzogen. Die Wasserprobe steht am Beginn der historisch belegbaren Geschichte der Gottesurteile. Der erste schriftlich überlieferte Hinweis auf die Durchführung von Wasserproben stammt aus dem dritten Jahrtausend vor Christi. Verschiedene Arten der Durchführung von Wasserproben sind überliefert. Am häufigsten wurden in England zwei Arten von Wasserproben, nämlich die mit heißem und die mit kaltem Wasser, angewandt. Die juristische Wasserprobe mit heißem Wasser *judicium aquae ferventis*, Kesselprobe oder auch Kesselfang genannt, ist vermutlich die älteste Form des Gottesurteils in Europa. Der oder die Angeklagte musste dabei mit nacktem Arm einen Ring oder einen kleinen Stein aus einem Kessel mit kochendem Wasser holen. Hand und verbrühter Arm wurden anschließend verbunden und versiegelt. Nach einigen Tagen wurde der Verband entfernt. Wenn die Wunde nicht eiterte, war die Probe bestanden, die Unschuld also bewiesen. In einer anderen, als Kesselfang bezeichneten Variante musste die oder der Angeklagte einen Kessel mit siedendem Wasser auffangen. Letztere Form wurde insbesondere als Keuschheitsprobe angewendet. Die Wasserprobe mit kaltem Wasser *judicium aquae frigidae* wurde vermutlich von Papst Eugen II. um das Jahr 826 eingeführt. Der oder die Angeklagte wurde über Kreuz gefesselt und mit einem Seil sitzend in den Hafen von Rye heruntergelassen oder hineingeworfen. Dabei wurde die Gebetsformel »Lass das Wasser nicht empfangen den Körper dessen, der vom Gewicht des Guten befreit durch den Wind der Ungerechtigkeit emporgetragen wird« gesprochen. Falls der oder die Angeklagte oben schwamm, galt dies als Beweis für Hexerei, doch wenn er oder sie unterging längst nicht als Gegenbeweis, da dies immer noch als Ausnahme gewertet werden konnte. Man glaubte, dass das reine Element Wasser Hexer und Hexen abstoßen würde. Wie auch bei der Wasserprobe mit heißem Wasser brauchte es in diesem Fall ein »Wunder«, um freigesprochen zu werden. Wenn der oder die Angeklagte nicht schwamm, wurde er oder sie wieder aus dem Wasser gezogen – wobei es hier auch zu ungewollten Todesfällen kommen konnte. Dies protokollierte man als einen Verfahrensfehler. Zwei Hexen von Rye aus der Lion Street, denen man vorwarf, den Bürgermeister vergiften zu wollen, überlebten das Verfahren und wurden nur ein paar Jahre in Ypres eingesperrt. Die Zahl an Hexen war und ist in Rye hoch, aber das soll ein andermal erzählt werden...

Einfache Gefängnisstrafen wurden, wie erwähnt, im Ypres

Tower abgesessen. Man ging damals, in den vergangen anmutenden Zeiten recht rustikal – manche mögen den Begriff barbarisch bevorzugen – miteinander um. Hat sich in dieser Sache bis heute viel geändert? Zur Beantwortung dieser Frage braucht jeder nur seinen persönlichen Zeitungsfavoriten aus London aufzuschlagen. Laut Premierminister Hacker lesen den *Daily Mirror* die Leute, die denken, dass sie England regieren. Den *Guardian* lesen die Leute, die denken, dass sie das Land regieren sollten. Die *Times* lesen die Leute, die wirklich das Land regieren. Die *Daily Mail* lesen die Ehefrauen der Leute, die das Land regieren. Die *Financial Times* lesen die Leute, denen das Land gehört. Den *Morning Star* lesen die Leute, die denken, dass das Land von einem anderen Land regiert werden sollte. Und den *Daily Telegraph* lesen die Leute, die denken, dass das schon der Fall ist. *Sun*-Lesern ist es egal, wer das Land regiert, solange sie große Brüste hat. England hat das Dritte-Seite-Mädchen übrigens erfunden. Je nach Blatt kann man unterschiedlich drastisch lesen, wie man heutzutage miteinander umgeht. Es ist alles nur etwas – nennen wir es einmal – diffiziler geworden. Die Tünche, die wir Zivilisation nennen, ist hauchdünn. Es ging bei den Bestrafungen im Mittel- und Spätmittelalter um Abschreckung, die – wie jeder weiß, der sich mit drastischen Strafen oder der Todesstrafe befasst hat – nicht funktioniert. Sonst wären ja alle Länder auf der Welt mit Todesstrafe frei von Mord und Totschlag.

Je näher man Mitte des letzten Jahrtausends an der herrschenden Clique war, desto gefährlicher wurde das Leben. Man denke nur an die Ehefrauen Heinrichs VIII. Als kleine

Erinnerung hier noch einmal die Schicksale der sechs Ehefrauen Heinrichs, die jedes englische Schulkind lernt: Katherina von Aragon – 1533 geschieden, Anne Boleyn – 1536 geköpft, Jane Seymour – 1537 im Kindbett gestorben, Anna von Kleve – 1540 geschieden, Catherine Howard – 1542 hingerichtet, Catherine Parr – überlebte ihren Mann. Der Kopflose Geist *Anne Boylens* ist nach *Hever Castle* in der Nähe von Rye zurückgekehrt. In diesem Schloss verbrachte sie ihre Jugend, bis Heinrich VIII. ihr dort persönlich den Hof machte. An Weihnachtsabenden kann man mit etwas Glück ihren Geist auf der Brücke über den *Eden* sehen, den Kopf stilgerecht unter dem Arm. Bei Nähe zum Hof stand man ständig mit einem Bein im Grab. Im Umfeld der Königin oder des Königs reichte eine falsche Bemerkung, ein kleines Fehlverhalten oder eine vermutete Intrige, und man war einen Kopf kürzer. Darum haben wir auch so viele Hingerichtete als Geister aus dem Adel in England, kopflose und komplette. Die Hinrichtung als Todesursache in der Wahrnehmung der Menschen von früher kann man sich ungefähr so vorstellen, wie man heute mit der Wahrscheinlichkeit eines Herzinfarktes als Todesursache Nummer Eins umgeht. Man versucht so zu leben, dass es einen selbst nicht trifft. Aber letztendlich bleibt es die Wahrscheinlichste unter den hunderten von Möglichkeiten, ins Gras zu beißen. Auch in Rye werden immer wieder drei kopflose Geister gesichtet, aber es ist bisher ein wenig unklar, wer sie waren.

In der *Restaurationszeit um 1660* war es Brauch, die Köpfe von Leuten, die gegen die Royalisten gekämpft hatten, abzutrennen. Diese Schädel wurden dann als Zeichen der Rache öffentlich ausgestellt oder sogar – wie beim Cromwells Schädel – als Attraktion durch das ganze Land transportiert. Die Botschaft war deutlich: Jeder Versuch, die Monarchie in England abzuschaffen, würde für die Befürworter tödlich enden. In der Geschichte der Britischen Inseln ist *Cromwell* eine umstrittene Persönlichkeit. Manche Historiker bewerten ihn als Königsmörder und Diktator, während er anderen als Freiheitsheld gilt. In Irland ist er wegen seiner brutalen Maßnahmen gegen die katholische Bevölkerungsmehrheit, die von manchen Historikern als Genozid bezeichnet werden, verhasst. Oliver Cromwell starb am 3. September 1658 an Malaria, mit der er sich in Irland infiziert hatte. 1661 wurde der Leichnam Cromwells aus der Westminster Abbey exhumiert und einer postumen, symbolischen Hinrichtung als Königsmörder unterzogen. Sein Kopf wurde danach auf einer Stange gegenüber von Westminster Hall zur öffentlichen Abschreckung ausgestellt. Später geriet der Kopf Cromwells in die Hände von Sammlern, die ihn für Geld vorzeigten. Schließlich wurde der Schädel 1960 in Sidney Sussex College in Cambridge bestattet, wo Cromwell studiert hatte. Mancher Monarchie-Gegner, dessen Geist in England ohne Kopf herumspukt, hatte während der Restauration Freunde gebeten, seinen Schädel im Fall des Falles sicherzustellen und zu verstecken. Damit wollte man der Schande entgehen, die eine öffentliche Zurschaustellung bedeutete. Mancher Totenschädel ruht vielleicht bis heute irgendwo in Häusern in und um Rye, verborgen hinter Schränken, Stufen oder Balken. Vielleicht kommen daher die drei Kopflosen aus Rye.

Der Rest ist schnell erzählt.

Die Postlinie von London nach Dieppe, dann Paris und weiter nach Italien oder Spanien führte damals über Rye. Die Straßenverläufe nach und von Rye zeugen davon, was für ein Knotenpunkt die Stadt einmal war. Innerhalb der Stadtmauer Ryes war die heutige *Mermaid Street* im Mittelalter und auch später die Haupteinkaufsstraße, die High Street. Sie hieß aber damals wegen ihrer zentralen Lage *Middle Street*. Erst als ein junger Seemann eine Meerjungfrau aus dem Hafenbecken fischte und sie auf Armen diese Straße hinauf zur Kirche hochtrug, um die halbe Dame dort zu heiraten, wurde die Middle Street zur Erinnerung an diese romantische Begebenheit umbenannt. Die Nachbarn waren der Meinung, dass die junge Frau ins Meer gehört. Und so trugen sie die Meerjungfrau, während der Mann auf See war, eines Tages weit weg von Rye nach Dungeness und setzten sie dort wieder ins Wasser. Der berühmte Ryer Kunstmaler Richard Adams hat diese Begebenheit für das Buchcover in Kreide meisterlich festgehalten. Beleidigt schnappte sich das Wesen im Wasser einen Blauhai, der sich auf dem Weg vom Atlantik kommend in die Nordsee befand, und ließ sich von ihm an die Küsten Dänemarks ziehen, wo es eine Zeitlang um Kopenhagen herum gesichtet wurde. Meerjungfrauen sind – anders als Nixen, die eher den Schelm im Nacken haben oder sogar bösartig sind – Wesen, die auf Erlösung durch wahre Liebe hoffen. Die erwähnte Meerjungfrau war schon vor ihrem Landgang in Rye gesichtet worden. Ein Kapitän, der vor Rye geankert hatte, berichtete, dass eine Meerjungfrau längsseits geschwommen sei und sich bei ihm beschwerte, dass der Anker seines Schiffes ihren Hauseingang versperre.

Er lichtete den Anker und kam seitdem mit seinem Schiff nie wieder in einen Sturm. Der Anker ist heute vor dem *Rye Heritage Centre* ausgestellt.

Der *Wish Ward* um die Ecke war damals eine belebte, aber übelriechende Ecke von Rye. Das lag auch an den Fischen, die dort umgeschlagen wurden. Die Hoflieferanten suchten sich als Erste die besten Fische aus, die dann auf Ponys über staubige oder aufgeweichte Straßen schnellstmöglich zum königlichen Haushalt transportiert wurden. Danach nahm sich das Kloster seinen Anteil vom Fang. Erst anschließend wurden die Schuppenträger an die Öffentlichkeit frisch verkauft oder gesalzen haltbar gemacht.

Im Mittelalter ereigneten sich ein paar geographische und technische Veränderungen, die Rye und den zeitweise bedeutenderen Nachbarort Winchelsea vor große Herausforderungen stellten. Eine Reihe von sehr heftigen Stürmen zwischen den Jahren 1233 und 1287 veränderte den Verlauf der Kiesküste mit ihren vorgelagerten Sandbänken. Die Mündungen der Flüsse Brede und Rother, die wie erwähnt die High Wealds ins Meer entwässern, verlandeten durch die heftigen Unwetter mit Schlamm und Kies. Dieser Kies bewegt sich durch Wind, Wellen und Tiden auch heute, langsam aber beständig, an der Küste von West nach Ost. Die vorherrschende Windrichtung aus Südwest und die Meeresströmungen sind die Urheber dieser Kieswanderung. Überschwemmungen des Umlandes durch Oberflächenwasser, Quellen oder Seewasser veränderten vor fast achthundert Jahren auch die Morphologie der Marsch. Die Naturgewalten veränderten in geologisch gesehen recht kurzer Zeit den

Verlauf die Küstenlinie bei Rye. Da Wasser den Gesetzen von Sir Isaac Newton folgt, suchten sich die vom Kies verstopften und oft überfluteten Flüsse im 13. Jahrhundert einen neuen Flussverlauf. Im Winter kann man in Rye Harbour Kolonnen von fünf oder mehr großen Kippern beobachten. An den gelben Rundumleuchten sind sie von weitem gut zu erkennen. Ein Geländewagen führt die Kolonnen jeweils an, die auf der Deichkrone oder der Asphaltstraße am Rande des Naturschutzgebietes fahren. Sie bringen Kiesladung um Kiesladung von Osten, der Mündung des River Rother in Rye Harbour mit einer künstlichen Auffangmauer, zurück nach Westen, nach Winchelsea Beach. Der Wind, die Wellen, die Geister und die Gezeiten schaufeln den Kies dann einen Sommer lang wieder zur Mündung des Flusses Rother, und das Spiel mit dem Kies beginnt von neuem. Ein wenig Kies geht aber auch abhanden, schafft es durch den Fluss und lagert sich dann auf der anderen Seite des Rother, am Sandstrand und den Dünen von Camber, ab. Die Dünen waren 1962 der Drehort des star-strotzenden Spielfilmes *Der längste Tag* über die Landung in der Normandie.

Rye war immer eine Insel gewesen. Man konnte die Stadt auf ihrem kleinen Felsen nur per Boot erreichen. Aber nach und nach floss der Rother nun nicht mehr bei Romney, sondern bei Rye ins Meer. Dabei verlandete er durch Schwemmgut langsam aber stetig die Umgebung der sich aus dem Meer erhebenden Stadt und seinen eigenen Mündungsbereich ins Meer. Die Küstenlinie wanderte so bis heute drei Kilometer südwärts. Rye verwandelte sich im Laufe der Jahrhunderte, ohne das die Menschen etwas dagegen unternehmen konnten, von einem Küstenhafen, der von drei Seiten durch steile, hohe Klippen geschützt war, zum Flusshafen. Statt 350 Schiffen konnten nun höchstens noch dreißig im Hafen in der Stadt anlegen. Die schützende Bucht um Rye, der Wainway, trocknete komplett aus. Wie *Le-Mont-St-Michel* ragte Rye einst aus dem Wasserspiegel. Nun erhob sich der Kalksteinhügel, auf dem Rye steht, über festem Land, dem früheren Meeresboden, umgeben von fruchtbarem, aber sehr festem Marschboden aus Sedimenten, Lehm und Ton mit Bestandteilen tausendmal feiner als Sand. Um in einem Schrebergarten in Rye oder Rye Harbour ein eimergroßes Loch für ein Apfelbäumchen zu graben, braucht man mindestens eine Viertelstunde.

Der Zugang zum offenen Meer durch den Fluss Rother liegt heute bei Rye Harbour, zwei Kilometer südöstlich von Rye. Rye Harbour gehört zum *Parish Icklesham* und ist ein kleines Hafendorf in einem Naturschutzgebiet. Das Naturschutzgebiet ist von einem Netz von Fußpfaden durchzogen, in deren Verlauf Beobachtungshütten die gedeckte Beobachtung der zahlreichen Zug- und Standvögel erlauben. Dieses einzigartige kleine Dorf hat neben dem Naturschutzgebiet seine eigene kleine Fischereiflotte, einen kleinen Handelshafen, mehrere Slip-Anlagen, einen Segelclub, einen Caravan-Park, einen Dorfladen, einen Social-Club, zwei Pubs namens *The Inkerman Arms* und *Willliam the Conqueror*, mehrere Geister, ein Dorfgemeinschaftshaus, eine wachsende Zahl an Künstlerstudios mit angeschlossenem Café, eine RNLI-Station, dem Pendent zur GzRS Gesellschaft zur Rettung Schiffbrüchiger, mit einer langen und ehrenvollen Geschichte, sowie einen

der wenigen Martello-Tower, die nicht nur durchnumme-
riert wurden – hier die Nr. 28 – sondern auch einen Namen
bekamen: *Enchantress*. Das bedeutet so viel wie »Magische«.
Der Nachbarort Winchelsea musste im 13. Jahrhundert nach
Fluten und Überschwemmungen fast komplett aufgegeben
werden. 1288 wurde er komplett weggespült. Er wurde auf
Befehl König Eduards I. weiter oben auf den Klippen als New
Winchelsea sehr erfolgreich in kürzester Zeit neu aufgebaut.
Der technische Fortschritt erlaubte es, immer größere Schiffe
zu bauen. Die Flüsse Rother und Brede waren bald für diese
Kaliber und deren Tiefgang nicht mehr schiffbar. Der Seeweg
endete nun in Rye.

Wenden wir uns nun zwei, die Stadt Rye einmal prägenden
Berufsgruppen zu.

Rye war einmal der wichtigste Piratenhafen an der Südküste von England. Die *Piraten* aus Rye waren zu Tudorzeiten
für ihre Grausamkeit bekannt. Aber da der Hof ihre Über-
fälle auf französische, spanische, portugiesische und nieder-
ländische Schiffe insgeheim duldete, brauchten die Freibeuter von der Obrigkeit wenig zu fürchten. Durch immer neue
Abgaben auf ehrlich verdientes Geld wurde der steuerfreie
Job als Seeräuber umso lukrativer.

Parallel zu dieser Entwicklung erlebte der *Schmuggel* seine
Blütezeit in Rye. Geschmuggelt wurde in Rye seit dem 13.
Jahrhundert. Den Schmuggel ausgelöst hat wahrscheinlich
Eduard I., der wegen chronisch leerer Staatskassen ein Steu-
ersystem in England einführte. Ältester schriftlicher Nach-
weis von Schmuggel ist ein Durchsuchungsbefehl aus seiner
Zeit für die »Suche in Rye nach Wolle, Stoffballen, Verstecken

und allen Handelsgütern sowie Gold, Silber und Personen, die damit in Zusammenhang« standen. 1357 ist eine weitere, großangelegte Untersuchung gegen verschiedene Männer in Rye dokumentiert, die unverzollt Wolle nach Frankreich ausgeführt haben sollen.

Die Qualität der Wolle der *Romney-Marsh-Schafe* war und ist auch heute noch unübertroffen. Etwa 30.000 der Wiederkäuer grasen und lammen heute in der Marsch. Vor siebenhundert Jahren war es ein Vielfaches davon. Gelegentlich erfährt ihr Stammbaum ein Upgrade durch einen Widder aus Neuseeland, der nach einer Reise um die halbe Welt sicher die frische Seeluft genießt. Aber im Kern ist die Rasse über die Jahrhunderte unverändert geblieben. Der Interessierte greife sich mal ein Schaf hier um Rye herum. Einfach hinterherlaufen und beherzt am recht kurzen Schwanz packen, dann umdrehen, sich drüber stellen, am Genick halten und dem verdutzten Tier in die Wolle fassen; vielleicht vorher den Besitzer der Tiere fragen. Man fühlt außergewöhnlich lange, weiche Schafshaare, die sich ganz vorzüglich zum Spinnen und Stricken eignen.

Die Kleidung des Mittelalters in ganz Europa spiegelte den Platz der jeweiligen Person innerhalb der mittelalterlichen Ständeordnung wider. Die Unterschiede zwischen den Ständen lagen meist nur im verwendeten Material und dem dazugehörigen Zierrat. An verfügbaren Materialien zur Textilherstellung für die niederen Stände standen insbesondere zur Verwendung für die Unterbekleidung Leinen, Hanf und Nessel zur Verfügung. Schafswolle wurde in der Oberbekleidung verwendet. Die Farbwahl war ein Unterscheidungskriterium zwischen den Ständen. Aufwändige, teuer zu erzeugende Farben waren den höheren Ständen vorbehalten. Um diesen Unterscheidungsstatus aufrechtzuerhalten, aber auch um den Aufwand der Kleidung zu begrenzen, wurden immer wieder so genannte Kleiderordnungen verfasst. Mit diesen Verordnungen wollte man im Grunde verhindern, dass die Menschen sinnlos Geld ausgaben, um mit Hilfe ihrer Klamotten mehr zu scheinen, als sie waren und sich leisten konnten. So wie der heutige Marken-Irrsinn wohl manchen kleinen Haushalt in den Ruin treibt; das Problem ist offenbar so alt wie die Menschheit. Der wohlhabende Adel und andere Reiche konnten noch zusätzlich auf teure Importstoffe aus Seide zurückgreifen. Sie nutzten generell bessere Stoffqualitäten und veredelte Tuche. Die einfache Bekleidung für den niederen Stand wurde oft in Heimarbeit erzeugt. Tuche zählten daher zu den direkt erhobenen Abgaben der Abgabepflichtigen an den Adel und an den Klerus.

Man versteht England und den Rest des Königreichs als europäischer Ausländer besser, wenn man sich gedanklich ein wenig von bisher erlebten Gesellschaftsmodellen löst. Im Vereinigten Königreich unterscheiden sich gesellschaftliche Gruppen deutlich durch Sprache, Kultur, politische Orientierung und Verhalten.

Allen gesellschaftlichen Klassen in England gemeinsam ist, egal ob reich oder arm, eine überwältigende Gastfreundschaft und Herzensgüte.

Die englische Klassengesellschaft ist in tausend Jahren gewachsenen. Man kann Drei-Plus-Klassen unterscheiden. Vorwiegend in Hochhäusern findet man die *working class,* in Reihenhäusern die *lower middle class,* in Bungalows und Cottages die *upper middle class* und in Stadthäusern, Landhäusern und Schlössern die *upper class,* diese nochmals mit ganz eigenen Regeln. John Cleese hat noch die *middle middle class* zugefügt. Andere Komiker haben inzwischen noch weitere Zwischenklassen erfunden, aber die Grundstruktur bleibt. Gute englische Eltern sind bestrebt, die Kinder auf die nächsthöhere Stufe zu bringen, sei es durch Bildung oder Heirat mit einem Royal. Auch die Adligen spielen dieses Spiel unter sich, wobei es bei Heiraten nicht immer nur um Liebe geht. Manchmal bricht allerdings ein Royal aus und heiratet eine bürgerliche Schauspielerin oder einen Reitlehrer. Im Interesse einer Qualitätssicherung für seine Familie hat der englische Monarch bis zur sechsten Stufe in der Thronfolge das Entscheidungsrecht, ob er einer angestrebten Hochzeit zustimmt. Die Kinder von Harry brauchen später einmal nach dem heutigen Stand der Dinge den Chef der *Firma,* wie die Queen die Windsors gerne nennt, nicht mehr zu fragen, wenn sie heiraten wollen. Abdanken für die Liebe geht natürlich jederzeit und bringt die Thronfolge immer durcheinander.

Wer sich an Regentagen gerne mal vors Fernsehen setzt und mehr über die Spielregeln der englischen Klassengesellschaft erfahren will, dem sei empfohlen, sich die DVDs *Have you beeing served* anzusehen. Wer im Besonderen die Working Class kennen lernen will, schaut sich *Fools and Horses* an. Über das britische – französische – deutsche Dreiecksverhältnis erfährt man in *'Allo 'Allo* alles, was wichtig ist. Über britische Politik und ihre Ziele kann man sich in *Yes*

Minister und *Yes Prime Minister* sehr schlau machen. Britischer Humor kommt bei *Fawlty Towers,* von den Briten zur besten Sitcom aller Zeiten gewählt, geradezu im Doppelpack. *Dad's Army* und last-but-not-least *Blackadder* – gespielt von Rowan Atkinson – auf Platz zwei der eben erwähnten Wahl ist für Geschichtsinteressierte sowieso ein Muss. Der geneigte Zuschauer findet hier nebenbei die erforderlichen Feinheiten der englischen Sprache, um alle seine Mitmenschen auf höchst kreative Weise zu beleidigen. Blackadder: *»You're fired.«* – Baldrick: *»But mylord, I've been in your family since 1532!«* – Blackadder: *»So has syphilis!«* Die Requisite von Blackadder hat hervorragend gearbeitet. Alle im Buch erwähnten Kleiderstücke und Accessoires kann man in den verschiedenen Folgen der Serie ausgiebig studieren. Eben jener, auf der untersten Stufe der sozialen Hierarchie stehende, zutiefst einfältige, völlig unfähige, aber endlos gutmütige *Baldrick* wird von Tony Robinson gespielt, dem man in *Yesterday* auf Kanal Nummer 19 im Britischen Fernsehen auf höchst spannenden Ausflügen in die Historie, auch zu Geistern, folgen kann. Geister verhalten sich bisweilen sehr klassenbewusst. Wenn man also einen Geist anspricht, kann es sein, dass man mit seinen Jeans und dem Hawaiihemd ignoriert wird. Da britische Comedy-Serienfolgen inhaltlich aufeinander aufbauen, muss man sich zum Glück von Folge eins beginnend durcharbeiten. Das geht ausschließlich in den englischen Originalversionen und im eigenen Interesse niemals in deutschen Übersetzungen.

Es gibt nun einmal Sachverhalte, die kann man in einer anderen als der Originalsprache nicht ausdrücken. Im Französischen gibt es zum Beispiel für *beyond* keine Übersetzung. Für die deutsche *Null* gibt es sechs verschiedene englische Ausdrücke für die Zahl, Vertragssprachliches, den Ausgang eines Fußballspiels oder den eines Tennismatches, vergebliche Liebesmühe und die Telefonnummer: *zero, nil, null, love, zilch und o.* Das wortreiche Englische verfügt über eine halbe Million Wörter, von sehr kurzen wie *a* bis zum längsten: *Pneumonoultramicroscopicsilicovolcanoconiosis*, eine Lungenkrankheit. Man kann, wie Hemingway, eine komplette, abgeschlossene Kurzgeschichte mit drei Satzzeichen in einen englischen Satz packen: *For sale: baby shoes, never worn.*

Zurück zur Wolle und den verwendeten Stoffen in Rye. Der Rest ist schnell erzählt.

Baumwolle wurde erst seit der zweiten Hälfte des 17. Jahrhunderts in nennenswertem Umfang aus Indien und Nordamerika nach Europa importiert. England, Frankreich und Preußen sahen darin eine Bedrohung der heimischen Textilindustrie und erließen Baumwollverbote. Seide war bei weitem die teuerste Faser und damit der Oberschicht vorbehalten. Die namhaftesten europäischen Zentren der Seidenweberei waren Venedig, Lyon und Spitalfields in London. Die Hugenotten brachten im Jahre 1572 auch ihr Wissen in Sachen Seidenverarbeitung mit nach Rye. Man findet heute noch Maulbeerbäume in und um Rye, die für die Seidenraupenzucht angepflanzt wurden.

Das Färben von Tuchen geschah meist mit aus Pflanzen gewonnenen Farbstoffen. So wurden aus der Birke und dem Rainfarn gelbe Farbstoffe gewonnen. Die wichtigste Pflanze für Rot war in England damals der Krapp. Daneben eigneten sich aber auch Gänsefuß, Ahornwurzeln, Schlehdorn und bestimmte Flechten dafür. Blaue Färbungen wurden mit Hilfe der Färbepflanze Färberwaid erzeugt. Farbextrakte tierischen Ursprungs wurden ebenfalls genutzt. Aus der Kermeslaus, die in mehreren Gattungen in Europa beheimatet ist, wurde ein teures Rot gewonnen. Der aus der Purpurschnecke gewonnene gleichnamige Farbstoff war so wertvoll, dass er ausschließlich dem Hochadel vorbehalten war.

Hohe Steuern verwandelten englische Wolle nachvollziehbar in Schmuggelware. Und die räumliche Nähe zu Frankreich machte ein illegales Handeln umso einfacher. Kaum zwanzig Meilen übers Wasser lag der Kontinent. Das war in einer Nacht gut zu schaffen und zu verführerisch für viele Menschen, obwohl theoretisch auf Schmuggel der Tod stand. Aber bei nur acht Zollbeamten im 14. Jahrhundert für ganz Kent war das Unternehmen eher risikoarm.

Um 1550 verschärfte der Schmuggel die Probleme für Englands Steuerkassen. Die Kriege, die Heinrich VIII. geführt hatte, hatten das Land zwei Millionen Pfund gekostet. Die Staatstruhen waren geleert und brauchten Geld. Die Krone erhöhte erneut kräftig die Steuern und Abgaben. Regent war in diesen Jahren der dreizehnjährige Eduard VI., Sohn Heinrichs VIII. Die Lordprotektoren Edward Seymour, 1. Herzog von Somerset, und John Dudley, 1. Herzog von Northumberland, nahmen die Amtsgeschäfte des minderjährigen Königs wahr und verfügten die Steuererhöhungen. Bis zum 17. Jahrhundert stiegen die Preise für Bier und Kerzen in England in schwindelerregende Höhen. Gleichzeitig wurden die Lebensumstände in Kent und Sussex immer schwieriger für die Menschen. Arbeitslosigkeit grassierte auf dem Lande. Schmuggel wurde ganz einfach auch ein Mittel zum Überleben.

Viele Schmuggler trugen zur Tarnung einen Bienenkorb aus Stroh mit Schlitzen für Augen und Mund auf dem Kopf. Das war gefährlich, denn alleine schon das Schwärzen des Gesichts zur Tarnung wurde mit dem Tode bestraft.

Exportbeschränkungen von Wolle und Bekleidung aus England, nochmals verschärft am Ende des 17. Jahrhunderts, machten Schmuggel endgültig zu einem lukrativen Gewerbe. Man nannte den Schmuggel auch *owling trade*, weil der Ruf der Eule ein Verständigungszeichen der Schmuggler war. Außerdem ging man seinem Broterwerb bei Nacht nach, so wie die Eulen. Ein regelrechtes Schmuggelhandwerk entstand; es wurde nicht nur mal eben nebenbei so ein bisschen Wolle verschoben. Die Schmuggler agierten in Banden in und um Rye sowie entlang der Küste bis nach Hastings. Sie waren sehr strukturiert und schwer bewaffnet. Heute würden wir das Organisierte Kriminalität mit mafia-artigen Strukturen nennen. Die einzelnen Schmugglerbanden waren vergleichbar mit einer gut laufenden, illegalen Firma. Es ging darum, den Markt zu kontrollieren, Konkurrenten auszuschalten oder feindlich zu übernehmen und sich die Steuer sowie den Zoll und allzu Neugierige vom Hals zu halten. Dazu wurde geschmiert, wo es sinnvoll erschien und gemordet, wo es nötig war. Lautere, angesehene Bürger waren im Hintergrund in den Schmuggel verstrickt. Das führte zu sehr großen Abhängigkeiten untereinander, auch zwischen Berufsschurken und gesetzestreuen Bürgern. Es gibt in jedem zwielichtigen

Geschäft welche, die im Hintergrund die Fäden ziehen und welche, die die Drecksarbeit erledigen. Der Geist von einem gewissen John Breads könnte viel dazu sagen, wie wir noch sehen werden.

Die Romney Marsh war mit Rye das Zentrum des Schmuggels nach und von Frankreich. Ein Trick der Schmuggler, sich Leute vom Hals und von ihren geheimen Depots entfernt zu halten, war das Verbreiten von Geistergeschichten. Da es sowieso schon zahlreiche Geister gab erfanden die Schmuggler ein paar Passende dazu, insbesondere in der Nähe der Schmugglerverstecke. Elf uralte Keller, teilweise aus dem 11. Jahrhundert, gibt es in Rye. Man kann sie leider nicht so einfach besichtigen. Die mehr als fünfzig mittelalterlichen Keller beim Nachbarn Winchelsea sind dagegen fast alle zugänglich. Diese Zahl an Gewölben in diesem Ort wird nur von Bristol, Norwich und Southampton übertroffen. Die Keller in Winchelsea wurden zwischen 1285 und 1300 gebaut. Als Chinque Port war die kleine Stadt von Steuern auf Wein befreit. Allein im Jahr 1306/7 wurden 3,5 Millionen Liter Wein aus Bordeaux in Winchelsea umgeschlagen.

Schmuggler und Piraten wecken, von der Filmindustrie gepuscht, auch heute noch romantische Gefühle. Aber Recht musste Recht bleiben. Im Jahr 1770 wurden erste berittene Undercoveragenten aufgestellt. Sie hatten jeweils einen bestimmten Küstenabschnitt zu überwachen, alle ihnen zu Ohren kommenden Gerüchte, Beobachtungen und Nachrichten täglich schriftlich nach oben zu melden und sich möglichst bedeckt zu halten. Sie hatten ein Pferd zu stellen und erhielten fünfundzwanzig Pfund Lohn im Jahr plus Pferdefutter. Die

Herren waren nicht sehr beliebt. Mancher von ihnen sprang wohl über die Klinge der Schmuggler, falls Bestechung nicht fruchtete. Offizielle Zollbeamte überwachten den regulären Handel. 1822 gab es alleine in Rye bereits achtundzwanzig Beamte. Damit dämmerte langsam der Anfang vom Ende des Schmuggels herauf. Noch verfeinerten die Schmuggler ihre Methoden. Bootsbauer in Rye mussten geheime Schmuggelverstecke in neu auf Kiel gelegte Boote und Schiffe einbauen. Die wenigen Zollboote vor der Küste fielen im Kampf gegen Schmuggler noch nicht ins Gewicht.

Die bekannteste, Mord und Folter an Verrätern und Zollbeamten nicht abgeneigte Schmugglerbande war die »Firma« *Hawkhurst*. Die Bande hatte drei Hauptquartiere. Eins davon war der *Mermaid Inn* in Rye. Die Herren fühlten sich so sicher unter dem Schutz ihres abschreckenden Rufs, dass sie sich trauten ihre Waffen offen in der Stadt zu tragen. Wenn sie mit ihren, mit Fässern und Ballen beladenen Ponys durch die Kopfsteinpflastergassen von Rye in die Unterschlupfe zogen, wurden alle Vorhänge in den Straßen schnell zugezogen und alle Lichter gelöscht. Wer die Gentlemen erkannte und Augenkontakt hatte, konnte sich vielleicht schon am nächsten Tag die Radieschen von unten ansehen. So widerfuhr es einem allzu neugierigen Zollbeamten, der von der Hawkhurst-Bande lebendig in der Erde versenkt wurde. Selbst das Gefängnis Ypres Tower und St. Mary dienten den Gentlemen zeitweise als Versteck für Schmuggelgut. Rudyard Kipling, der in der Nähe von Rye sein sehenswertes, nach seinem Tode vollständig belassenes *Bateman*–Anwesen hatte, schrieb dazu das Gedicht *Smuggler`s Song*. Das Poem liest sich wie ein Tatsachenbericht. Es hängt in Schmugglerspelunken wie dem *Woolpack* bei Rye aus.

1747 wurde die Hawkhurst-Bande mit einem Großaufgebot von Ordnungskräften festgesetzt, in einem langwierigen Prozess verurteilt und im Jahre 1749 hingerichtet.

Die Schmuggler in Rye hatten eine besondere Lampe, mit der sie den Kumpanen auf See oder an Land Signale geben konnten. Es handelt sich dabei um eine fensterlose Kerzenlampe mit einem sich verjüngenden, recht langen Rohr an einer Seite, durch das der Kerzenschimmer fiel. Das Ganze sieht aus wie ein Blecheimer mit sehr langer Nase. Die Lampe hielt man in der einen Hand, die andere Hand verdeckte die Rohröffnung oder gab sie frei. Man arbeitete sozusagen mit Morsezeichen. Der kleine Lichtpunkt ist erstaunlicherweise über weite Entfernungen erkennbar. Der kleine Turm über dem jetzigen Kino in Rye soll ein Signalturm der Schmuggler gewesen sein. Andere behaupten, dass der Zoll von dort beobachte. Die Wahrheit ist noch im Dunkeln. Eine alte Schmugglerlampe wurde kürzlich in einem Versteck gefunden und ist als Relikt einer vergangenen Zeit im Museum von Rye zu betrachten.

Der Schmuggelsumpf in und um Rye trocknete nun nach und nach aus. 1821 wurde die bestens organisierte, kopfstarke und gut ausgerüstete Küstenwache aufgestellt. 1853 fielen durch Freihandelsabkommen Steuern und Abgaben weg; Schmuggel wurde sinnlos. Dazu kam aus Amerika die neue »Baumwolle« als von Sklaven erarbeitetes Massenprodukt, das die Wolle als billigen Grundstoff für Bekleidung ablöste. Die nach Ende der Schmuggelepoche zunächst arbeitslose

Küstenwache beschäftigt sich seitdem mehr mit Seenotrettung.

In der *West Street* steht in Rye das *Lamb House*. Toby Lamb und seine Familie waren im 18. Jahrhundert die ersten Bewohner, wie man bei Joan Aiken in *Der Geist vom Lamb Haus* nachlesen kann. James Lamb, Bürgermeister von Rye, erwarb das georgianische Backsteingebäude 1722. Die Familie Lamb war seit Zeiten Charles I. recht einflussreich in und um Rye. Die Lambs stellten hundert Jahre lang ohne Unterbrechung den Bürgermeister von Rye, teilweise ohne Wahlen durch reine Vetternwirtschaft. Da gemäß eines Erlasses von Königin Anna ein Bürgermeister nicht zweimal direkt hintereinander im Amt sein durfte, wechselten die Würdenträger sich einfach ständig mit anderen Lambs oder Familienangehörigen ab. Anna war die letzte Stuartkönigin von England, Schottland und Irland. Unter ihrer Regentschaft stand England im Spanischen Erbfolgekrieg gegen Frankreich. Sie wurde 1707 die erste Königin von Großbritannien. Den Lambs gehörte fast ganz Rye. Damit taten sie alles, was sie für ihren Wohlstand und ihr Ansehen taten, auch für die Stadt. Oligarchien wie diese waren in England weit verbreitet.

Die erwähnte Königin Anna wurde 2018 von Olivia Colman sehenswert dargestellt. Die englische Schauspielerin und ehemalige einfache Angestellte wurde 2019 in der Kategorie *Beste Weibliche Hauptrolle* als Königin Anna mit einem Oscar belohnt. Olivia hat die vorzüglichste Dankesrede in diesem Hollywood seit Menschengedenken gehalten.

Eine kleine, aber nachhaltig wirksame Bürgerrevolte zu Beginn des 19. Jahrhunderts, verbunden mit einer allgemeinen

Reform der Wahlgesetze im Vereinigten Königreich, beendete die Lamb-Bürgermeister-Periode in Rye. Die Wahlrechtsreform war im ganzen Land dringend notwendig geworden, weil sich durch die Technische Revolution mit Dampfmaschinen, Fabriken und Fließbandarbeit die wirtschaftlichen Schwerpunkte im Land verlagerten. Vor der Reform hatte die Industriemetropole Manchester weniger Sitze im Parlament als Rye. Das änderte sich nun. Damit beginnt auch der wirtschaftliche Stern von Rye ganz langsam ein wenig zu sinken. Der National Trust als jetziger Besitzer des Lamb Hauses öffnet Interessierten gerne seine Tür. Der Türknopf hat eine geheime Mechanik, die es dem Besitzer erlaubte, nachts die Tür von außen zu öffnen. Damit brauchten die Bediensteten nicht extra aufzustehen. Und niemand bekam mit, wann die Herrschaften nach Hause kamen. Wenn man das Haus betritt, steht man zunächst in einer kleinen Halle, von der aus sich das Haus weiter verzweigt. Geradeaus ist der Küchentrakt, der weiter nach hinten hinaus im Garten ein kleines Café versorgt. Rechts ist der Telefonraum mit einem Telefon und dreistelliger Telefonnummer aus den Anfangstagen dieser Art der gelegentlich unwillkommenen Kommunikation. Nach links betritt man das Speisezimmer und dahinter den Garten. Im ersten Stock, den man über eine Treppe erreicht, findet man den Grünen Salon, den Winterarbeitsraum der Schriftsteller, die im Haus wohnten, sowie den eichengetäfelten Königsraum, in dem ein englischer König bei noch zu berichtender Gelegenheit ein paar Nächte verbrachte.

Im Haus hat sich eine unheimliche Geschichte zugetragen, die der erwähnte, verkrüppelte Toby aufgeschrieben hat. Jahre später, im Jahre 1898 übernimmt der Geisterjäger und amerikanisch-englische Schriftstellers Henry James das Haus als Alterswohnsitz bis zu seinem Ableben 1916. James hatte, obwohl Junggeselle, vier feste Bedienstete. Es gab einen Butler, die Köchin, die Servierdame und das Hausmädchen. Alle wohnten im ersten Stock. Sein Butler war der ehemalige Sussex-Boxchampion im Bantamgewicht, von James »Hauszwerg« genannt. Dieser revanchierte sich beim Chef mit »Alter Zausel«. Eigentlich übernahm das Haus 1898 Henry James, und nicht umgekehrt. Doch scheint das Gemäuer keinen schlechten Einfluss auf ihn ausgeübt zu haben. Im Sommer fühlt man sich im Geheimen Garten bei einer Kanne Tee und einem *Lemon Drizzle* wie mittendrin im Geistergeschehen, wenn man sich James' 1898 entstandene Geschichte *The Turn of the Screw* oder eine der vier deutschen Übersetzungen – wobei *screw* im Englischen außerordentlich zweideutig ist – *Das Durchdrehen der Schraube, Die Unschuldsengel, Das Geheimnis von Bly* oder *Die Drehung der Schraube* – zu Gemüte führt. In London wird gelegentlich eine gleichnamige Opernfassung von Benjamin Britten aufgeführt. Für Liebhaber des Kinos gibt es alternativ inzwischen sieben Verfilmungen der Schraube unter diversen Titeln. Das Haus hat James offenbar trefflich inspiriert.

»Geisterjäger« klingt sehr hochtrabend, aber aus James´ Feder stammen viele Geister- und Gespenstergeschichten, ebenso wie von vielen anderen zeitgenössischen Literaten. Die regelrechte Geister–Renaissance in England hatte ihre Ursache im Ersten Weltkrieg. Fast jeder Haushalt verlor einen Mann, Verlobten, Sohn, Onkel, Neffen, anderen Verwandten oder Freund. Die Hinterbliebenen hatten das Bedürfnis, mit den Verstorbenen oder den irgendwo in Flandern, Verdun und an der Marne Verschollenen in Verbindung zu treten.

Die britischen Gefallenen wurden zu Kriegsbeginn nicht nach Hause, ins Vereinigte Königreich, überführt, sondern die Kompanie begrub die sterblichen Überreste, wenn es denn nach einem Artilleriefeuer welche gab, an Ort und Stelle. Wütende Proteste der Bevölkerung ließen den Kriegsminister Horatio Herbert Kitchener, 1. Earl Kitchener, umdenken. Er benötigte, wie man auf seinem berühmten Poster und Slogan *Lord-Kitchener-Wants-You*, Rekruten für seine Armee. Zu diesem Zweck war er zwingend auf das Wohlwollen der Briten angewiesen. Die Gefallenen kehrten daher im Interesse einer positiven Stimmung in der Bevölkerung ab Kriegsmitte wieder nach Hause zurück, um den Hinterbliebenen ein Grab und die Trauerarbeit zu ermöglichen. Ausnahme war nur ein einziger, irgendwo in Frankreich gefallener Brite, dessen Name, Dienstgrad, Einheit, Todesort und Todeszeitpunkt streng geheim gehalten wurde und bis heute geheim geblieben ist. Das ist der *Unbekannte Britische Soldat*, der am 11. November 1920 in der Westminster Abbey für diejenigen unter den Hinterbliebenen, die kein Grab zum Trauern hatten, in französischer Erde liegend in London beigesetzt wurde.

Der Wunsch, mit Verstorbenen in Kontakt zu treten, ist in England sehr lebendig. Im Blättchen von Rye finden sich Hochglanz-Anzeigen diverser weiblicher und männlicher Media, die ihre Dienste als Geisterbeschwörer anbieten.

Auch hundert Jahre nach Kriegsende 1918 wissen britische

Kinder, Jugendliche und Erwachsene sehr viel von ihren Vorfahren aus der Zeit des Krieges. Die Erinnerung an die Opfer der Gefallenen, die für die Daheimgebliebenen ihr Leben gaben, wird sehr aktiv wachgehalten und ständig gepflegt. Auch zur Hundert-Jahr-Feier des Kriegsendes 2018 wurde Ideen, dass es jetzt doch reichen würde mit dem Gedenken, von der britischen Bevölkerung eine klare Abfuhr erteilt. Die *Engel von Mons*, eine Geistererscheinung, die sich am 23. August 1914 bei Mons ereignet hat, kennt jedes englische Kind. Britische Truppen, den Deutschen im Verhältnis eins zu zehn unterlegen, hielten gegen den überlegenen Gegner in dieser Schlacht stand und schützten so den Rückzug von Franzosen. Ein britischer Soldat sagte sich im Verlauf der Schlacht unter heftigem Artillerie- und Mörserfeuer ein lateinisches Gebet auf und sah plötzlich, wie eine Gruppe von Geisterschützen mit Langbogen silberne Pfeile auf die heranrückenden deutschen Truppen schoss. Der erstaunte Soldat sah die gegnerischen Soldaten zu Hunderten fallen. Als die Briten später die toten Gegner untersuchten, fanden sie keine einzige Wunde. Die Sache hat ein seltsames Nachspiel. Langsam sickerten merkwürdige Berichte durch. Viele andere Soldaten, französische wie britische, hatten am Himmel tatsächlich ebenfalls die geisterhaften Erretter gesehen. Manche beschrieben sie als Engel. Obwohl es einige Abweichungen in den Darstellungen gab, blieben die grundlegenden Tatsachen in den Zeugenaussagen gleich.

Nach Henry James lebte im Lamb House der spätviktorianische Erzähler E. F. Benson, der von 1934 bis 1937 Bürgermeister von Rye war. Ihm erging es im Lamb House nicht viel anders. Das Haus verwob sich mit ihm und inspirierte den Autor. Benson war in Rye sehr beliebt. Der kleine Aussichtspunkt in der High Street in der Kurve zum Landgate mit dem schönen Ausblick auf den Fluss Rother und die Marsch wurde vom ihm finanziert. Seine zum Teil in Rye spielenden Salongeschichten *Mapp und Lucia* wurden unter anderem in ebendieser Stadt verfilmt. Es dreht sich darin Alles um zwei Damen, Elisabeth Mapp und Emmeline Lucia, die in ihrem jeweiligen Städtchen das Sagen haben wollen. Eins der Städtchen ist Rye, im Roman nach dem gleichnamigen Fluss durch die Stadt *Tilling* genannt. Man liest in endlos verschachtelten englischen Sätzen mit allerfeinster Wortwahl Dialoge, die wie Florettklingen durch der Luft sirren; kein plumpes Keulenschwingen. Die, für Liebhaber köstlich zu lesenden Geschichten um Schachzüge, Bridgepartien und Gesellschaftsspiele, Geisterbeschwörungen, Gurus und Yoga aus den zwanziger Jahren des letzten Jahrhunderts bescheren Benson durchaus aktuelle Popularität in England, in Rye sowieso. Es gibt eine Benson-Gesellschaft in Rye, die die Erinnerung an diesen Sohn der Stadt wachhält. E.F. Benson hat neben vielem anderen vier klassische Sammlungen von Geistergeschichten geschrieben.

Seine Hunde begrub Benson wie James vor ihm in einer Ecke hinten links in seinem Garten. Kleine Grabsteine erinnern an seine treuen Freunde, die er über alles liebte. Der tageweise angestellte Gärtner war so mit dem Garten des Lamb House verwachsen, dass Benson das Gefühl hatte, Gast im eigenen Haus zu sein wenn der Mann mit dem grünen Daumen seiner Arbeit nachging.

Bensons Vater war Erzbischof von Canterbury gewesen. Nach dem Tod seines Vaters zog seine Mutter mit ihrer späteren Lebensgefährtin zusammen. E.F. Bensons Geschwister waren erfolgreiche Schriftsteller und Forscher und blieben alle unverheiratet. Die damals berühmte, hochinteressante Familie Benson starb mit seinem Tod 1940 aus.

Oft waren Bensons Freunde Rudyard Kipling, bekannt durch das *Dschungelbuch*, und H.G. Wells, Autor der *Zeitmaschine*, in Rye zu Besuch. Beide Gäste waren ebenfalls Verfasser von vorzüglichen Berichten über Geister und Gespenster. Kipling hatte einmal zu einer Geisterjagd nach *Gladwysh Wood* nahe seinem Anwesen in *Burwash*, nur einen Katzensprung von Rye entfernt, eingeladen. Einer seiner Gäste stand plötzlich einer makabren Gestalt gegenüber, deren Hände das verwesende Fleisch ihrer Kehle umklammerten und die beim Ersticken entsetzliche Geräusche von sich gab. Das war der Geist von William Darrell, dem das Stück Land im 16. Jahrhundert gehörte. Darell war ein berüchtigter Wüstling, der sein eigenes, uneheliches Neugeborene ins Feuer warf. Im Mordprozess bestach er den Richter, kam ohne Strafe davon und lebte noch vierzehn lange Jahre. Bei einem Ausritt scheute Darells Pferd vor dem Geist des ermordeten Babys, der plötzlich auftauchte, und er brach sich beim Sturz vom Gaul das Genick.

Wenn man das Lamb House verlässt, blickt man geradeaus auf ein nicht zu übersehendes Gebäude aus dem 14. Jahrhundert, was durch seinen schrägen Schornstein auffällt. Das ist das *Alte Zollhaus*. Es ist insofern interessant für uns und die Geister, weil Königin Elisabeth I. im Jahr 1573 hier wohnte, als sie Rye inspizierte. Bei diesem Besuch verlor sie etwas sehr Kostbares, was noch zu erzählen sein wird. Der Schornstein ist nicht windschief, sondern so gemauert, wie man auf alten Gemälden erkennen kann. Seit dem 15. Jahrhundert haben Künstler, zu Rembrandts Zeit viele Niederländer, Rye auf Leinwand festgehalten.

Im Zweiten Weltkrieg fielen einige Bomben auf Rye, die vermutlich gegen die drei Flugabwehrkanonenstellungen außerhalb der Stadt gerichtet waren. Die punktuellen Schäden in der Stadt wurden, bis auf das durch eine Bombe zerstörte Gartenhaus vom Lamb Haus – einem kleinen Bankettsaal im Grünen – beseitigt. Die Bombe, die das Lamb Haus traf, vernichtete leider auch zweihundert Bücher in der Bibliothek sowie das Klavier von Benson, das nach der Explosion und einem anschließenden Luft-Salto in den Telefondrähten vorm Haus hing. Das Lamb Haus selbst war nach dem Bombeneinschlag 1940 bis Kriegsende unbewohnbar. Nach dem Krieg fehlten die Mittel, das Gartenhaus wieder aufzubauen. Eine Plakette in der West Street erinnert an das Gebäude. Man kann die Umrisse des Giebels deutlich an den Ausbesserungen der Gartenmauer erkennen.

In Rye finden sich Zeugen der langen Schiffsbau-, Töpfer- und Keramikgeschichte der Stadt. Aber besonders Künstler, Schauspieler und Schriftsteller fühlten sich in Rye immer sehr wohl. Die hohe Zahl der unabhängigen Läden sowie zahlreiche Galerien und Kunsthandwerkgeschäfte tragen neben urgemütlichen Pubs und Restaurants wesentlich zu seiner Anziehungskraft bei. Das Töpfereihandwerk, obwohl produktionstechnisch teilweise ausgelagert, ist in Rye durch

Familienbetriebe immer noch präsent. Rye wird wegen seines gut erhaltenen, historischen Charakters gelegentlich, zuletzt 2019, als Kulisse für Historienfilme genutzt.

Rye ist mit geschätzten fünfzig Geistern in der Innenstadt nicht umsonst *one of the most haunted towns in England*. Rye ist aber beileibe keine Geisterstadt, sondern lebendig und außerordentlich gastfreundlich. Man bemüht sich um wirtschaftliche Weiterentwicklung im Einklang mit dem Wohlergehen der Bürger. Die immer präsente Gefahr von Überschwemmungen, die Rolle als Marktstadt und Touristenmagnet, zahlreiche *Festivals*, der hohe Freizeitwert und das Kulturangebot, der Fischerei- und der Wirtschaftshafen – alles das unter Erhaltung des traditionell maritimen Charakters – prägen das schöne Rye von heute.

II

E s ist die Nacht vom ersten Montag zum ersten Dienstag im Mai.

Seit 750 Jahren treffen sich alle uns bekannten und unbekannten Geister von Rye zum *Geméting*. Das ist der altenglische Begriff für eine Versammlung.

Zwischen den Jahren 1377 und 1743 fanden diese Versammlungen im Bereich des alten Friedhofs bei St. Mary statt, wo ein *Ankou* – ein Geister-Friedhofswächter – die Aufsicht führte. Wenn ein neuer Friedhof entstand, pflegten die Menschen früher ein unglückliches Opfer bei lebendigem Leibe im ersten Grab zu beerdigen. Auf diese Weise entstand ein Wächter aus einer anderen Welt, da Geister in der Regel am Ort ihres Todes verweilen. Mit Vorliebe wurden kleine Kinder begraben, da diese die aggressivsten Geister hervorbringen sollen. Auch bei den Grundsteinlegungen von Häusern verfuhr man ähnlich. Daher stammt die Redewendung, dass in »jedem Keller eine Leiche liegt«.

Seit 1743 versammeln sich die Geister in der Town Hall, dem Rathaus und Sitz des Bürgermeisters der lebenden Menschen und seines Rates, nur einen Steinwurf vom alten Friedhof entfernt. Auch Geister haben gerne ein Dach über dem Kopf und verlegten den Versammlungsort vom zugigen Friedhof in ein Gebäude. Der im Jahr 1377 ins Auge gefasste 30. April als Versammlungstermin der Geister konnte nicht genommen werden, da an diesem Tag alle Hexen von Rye und

Umgebung schon seit Menschengedenken ihren Aperitif zur Einstimmung auf die anschließende Walpurgisnacht in der Stadt nahmen. Die Hexen machen an diesem Tag Rye unsicher sowie die Menschen misstrauisch. Aber davon soll ein andermal erzählt werden...

Nachdem heute, wie jedes Jahr am ersten Montag im Mai, der neue Menschen-Bürgermeister von Rye bekannt gegeben wurde und dieser als Zeichen der Wohltätigkeit, wie es die Tradition verlangt, frisch geprägte, noch heiße Penny-Geldstücke für die Kinder aus dem Fenster der Town Hall nach unten auf die Market Street geworfen hat, kehrt irgendwann Ruhe im Rathaus ein. Das Rathaus wurde 1743 fertig gestellt und steht, wie bereits erwähnt, auf den Resten dreier ehemaliger Rats- und Gerichtsgebäude. Das Haus war beim Bau insoweit einzigartig, als dass es zwei Amtszimmer hatte. Eins davon war für den *Mayor*, den Bürgermeister, und eins für des *King's Bailiff*. Mit dessen Anwesenheit im Rathaus wurde der besonderen Beziehung zwischen dem Monarchen einerseits und dem erstem Kriegsschiffsteller Rye andererseits seit 1705 Rechnung getragen. Der Bailiff – der Begriff ist normannisch – war das, was die Sachsen einen *Reeve* nannten. Er ist der Beauftragte der Gerichte, der deren Entscheidungen durchsetzt. Die Gerichte saßen damals nicht nur zu Gerichtsverhandlungen bei Straftaten zusammen, sondern entschieden auch alltägliche Verwaltungsdinge, zum Beispiel ob Herr Smith seinen Zaun wirklich Rosa anstreichen darf, Frau Miller vielleicht eine Hexe sei und näher untersucht werden müsse, der Bürgersteig auf Stadt- oder Anliegerkosten erneuert werden soll, was man gegen den Fischgestank tun könnte oder ob die Gaststätten den Bierpreis erhöhen durften. Das Gremium war also sowohl Verwaltungs- als auch Strafgericht. Ab dem 19. Jahrhundert trennte man Gerichte und Stadträte. Örtliche Gerichte waren nun vergleichbar Amtsgerichten und ernannten ihren Bailiff. Höhere Gerichte ernannten einen Sheriff. Meist stammten die Bailiffs aus einem anderen Landesteil Englands, damit Korruption und Vetternwirtschaft gar nicht erst entstehen konnten. Bis heute heißt ihr Zuständigkeitsbereich *Bailiwick*.

Der Verschluss des Rathauses wird heute Abend noch vom Town Sergeant kontrolliert. Das eiserne Tor zum *Buttermarket*, dem offenen Vorraum im Rathaus, wird mit einem altertümlichen Schloss und einer Kette verriegelt. Rye geht jetzt, bis auf ein paar wackere Zecher im *Old Bell*, im *Standard* oder im *Queen's Head*, zu Bett. Wenn man die High Street, die nur von altertümlichen Straßenlaternen romantisch beleuchtet ist, entlangbummelt, kann man aus den geöffneten Fenstern in den ersten Stockwerken hier und da schon ein leises Schnarchen der Bewohner vernehmen. Die Innenstadt von Rye ist bewohnt und damit auch nach Geschäftsschluss belebt. Es droht heutzutage keine Gefahr mehr, dass sich aus diesen Fenstern unvermutet der Inhalt eines Nachttopfes über einem ergießt. Inzwischen verfügen alle Häuser über eine Toilette.

Mitternacht ist traditionell Geisterstunde. Kinder, die um Mitternacht geboren werden, haben die Gabe, Geister zu sehen.

So wie wir Menschen um zehn Uhr morgens und um fünfzehn Uhr nachmittags unser körperliches und geistiges

Leistungshoch haben, sind die Spukgestalten um vierundzwanzig Uhr voll fit. Der Geist des *Town Crier Lionel Pickles* streift durchs Rathaus und macht seine übliche Runde. Er kontrolliert, ob das Haus menschenleer ist, ob alle Türen und Fenster verschlossen sind, ob die Heizung und die Kaffeemaschine ausgeschaltet ist, ob alle Lichter gelöscht sind, ob ausreichend Tische und Stühle vorhanden sind, ob Hexenflüche das Haus belasten und ob die Alarmanlage eingeschaltet ist.

Alle Geister von Rye streben um Mitternacht der Town Hall zu, um am Geméting und damit der Wahl des oder der *Ealdor* – Vorsitzenden – teilzunehmen. Der Raum füllt sich langsam. Es gibt im Rathaussaal neunzig Sitzplätze. Da derzeit nur etwa fünfzig Geister ihre Heimat in Rye gefunden haben, herrscht trotz zahlreicher Ehrengäste kein Platzmangel. Und da Geister sowieso lieber Schweben als Sitzen, gleiten sie mehr durch die Stuhlreihen hindurch als Platz zu nehmen. Außerdem gilt *sehen und gesehen werden*; man schlendert von Gruppe zu Gruppe und macht Smalltalk. Die Geisterpolitik ist nicht ganz so wichtig. Hauptsache, man trifft sich einmal im Jahr, klatscht und tratscht und amüsiert sich auf uns fremdartig anmutende Geisterart.

Eine kleine, graue Maus schaut neugierig aus einem Loch in der Wand unter dem Podium der Town Hall. Ihre schwarzen Knopfaugen leuchten im Widerschein des Lichtes der Straßenlaternen da draußen. Ihre streichholzlangen Schnurrbarthaare erfassen die Schwingungen in der Luft. Für die Tiere sind alle Geister so präsent wie wir Menschen. Tiere haben sich Sinne bewahrt, die den meisten von uns verloren gegangen sind. Wenn ein Tier in freier Natur morgens aufsteht, bewegen es nur zwei Fragen: 1. Was fresse ich heute? 2. Wer will mich heute fressen? So ein Leben hält die Sinne und die Geistesgegenwart wach.

Auf dem Dach des Rathauses meckern drei Möwen lautstark über die unerwartete Störung ihrer Nachtruhe. Eine von ihnen löst sich mit einem unanständigen Geräusch nach unten Richtung Eingang und trifft den Geist einer Frau mit einem Blumenhut, der nun durch einen großen Klacks weißen Guanos verziert ist. Ein Rotkehlchen schwirrt aufgeregt durch die Büsche im kleinen Hinterhof des Gebäudes. Ein Zaunkönig zetert auf der baufälligen Dachrinne. Eine Amsel poltert durch die Magnolien Richtung St. Mary. Ein Schwarm Sandpfeifer schwirrt vom Meer kommend übers Rathaus landeinwärts, um dort die nächste Ebbe abzuwarten. Um 21.13 Uhr war gestern Hochwasser, das heißt in etwa zweieinhalb Stunden liegen die Sand- und Kiesbänke zwei Meilen südwärts wieder frei und die Stelzvögel können vier Stunden lang auf Wurm-, Krabben- und Larvensuche gehen.

Man darf sich das Geméting der Geister nicht ganz so wie eine Stadtratssitzung, wie ein Jahrestreffen des Schützenvereins oder wie eine Hauptaktionärsversammlung vorstellen. Manche Geister gleiten unter dem, seit dem 5. Dezember 1964 über dem Eingang der Town Hall eingelassenen Stein vom Namensvetter Rye/New York/USA über zwei steinerne, ausgetretene Stufen durch das verschlossene, eiserne Tor, dann acht Stufen, mit roten Seilen und goldenen Einfassungen auf beiden Seiten des Durchgangs, geradeaus hinauf, dann weitere sieben Stufen nach rechts, und dann noch einmal acht Stufen nach rechts in den Vorraum und endlich in den

Rathaussaal. Rechts im Vorraum versteckt sich eine kleine Tür. Durch die geht es über eine sehr enge Treppe auf den Dachboden. Dort hängt der Originalkäfig, in dem die Leiche des Mörders John Breads jahrzehntelang vor der Stadt und in der Kirche zur Schau gestellt wurde. Nur seine Schädeldecke ist nach all den seitdem vergangenen Jahrhunderten in dem eisernen Behältnis übriggeblieben. Wer gute Beziehungen in Rye hat, dem öffnet sich der Dachboden, und der darf sich das Schmuckstück ansehen.

Die Namen aller Bürgermeister, aller *Keepers-of-the-Liberty-of-England-by-the-Authority-of-the-Parliament* und aller Bailiffs seit dem Jahre 1289 sowie alle *Town Clerk* – Namen seit 1300 AD sind in der Town Hall in Gold auf große Holztafeln gemalt und an den Wänden verewigt. Über Geister findet man dort zunächst keine schriftlichen Hinweise. Die Namen der Ealdors sind unsichtbar direkt unter die Decke des Saales gemalt. In der Johannisnacht zu ganz bestimmter Stunde leuchten die Buchstaben, für Menschen sechs Minuten sichtbar, kurz auf. Die Tischglocke des Bürgermeisters aus dem Jahre 1565 – für die Geister die *Motbell* – hat eine besondere Bedeutung. Sie ist die sich materialisierende Cloud und der Chatroom der Geister, lange bevor Menschen diese Dinge erfanden. Kein Mensch ahnt etwas von der Bedeutung der Glocke für die Geisterwelt. Käme sie abhanden, wäre sie wie durch Geisterhand am nächsten Tag immer wieder an Ort und Stelle.

Manche Geister kommen durch den Kamin, manche aus den eisernen Gitterrosten der Heizung vor dem Podium. Manche schweben als Funken, wie lichtgefüllte Seifenblasen aus dem Fußboden in den Raum. Andere gleiten, kriechen, gehen durch die Wände oder das Dachgewölbe. Man erkennt Frauen mit gelblich blonden Haaren und bleiche, ovale Lichter in Größe und Form eines Männergesichts; blasse, bläuliche Umrisse einer menschlichen Gestalt; zahlreiche junge und alte Frauen in Grau oder Weiß; Mönche mit brauen, weißen oder andersfarbigen Kutten; Kindergeister; Gestalten in altertümlicher Kleidung: elisabethanisch, eduardianisch, georgianisch, viktorianisch; Geister mit oder ohne Kopf; ein Bett; einen Esel; Mischwesen; Geister in Gruppen und Einzelgänger; verwirrte Geister; Körperteile; Edelleute oder zum Erbarmen zerlumpt aussehende Gestalten; Tiergeister; Geister mit und ohne Gesicht. Politisch gesehen herrscht keine greifbare Stimmung im üblichen Sinne. Das ist leicht vorstellbar, wenn man sich von Gedanken an Tagesordnungen, Reden, Diskussionen, Abstimmungen, Ordnungsrufe, heimliche Intrigen, Sprechzeiten, Protokolle, Roben, Perücken, Amtsinsignien, Softdrinks, Sekt, Sandwiches und Knabbereien löst. Es schwingt nichts Erwartungsfreudiges, nichts Gelangweiltes, nichts Aufgeregtes, nichts Interessiertes im Raum; kein Wollen, kein Willen, kein Müssen. Die Geister sind einfach da; in einer erbarmungslosen Ruhe, in der sich das Bewusstsein einer gewissen überlegenen Kraft widerspiegelt. Sie haben keine Furcht mehr vor dem Tod.

Es ist jetzt dunkel geworden auf den Straßen von Rye in diese Nacht zum ersten Dienstag im Mai. Seit Stunden herrscht der Schlaf über die Menschen, denn morgen ist ein Arbeitstag. Kein Grabschläfer aus Rye liegt heute auf dem alten Friedhof hinter Rathaus und Kirche. Grabschläfer sind

Männer, die für besonders empfänglich gehalten werden. Sie schlafen bei diesem Ritual auf den Gräbern ihrer Vorfahren. Wenn die Geister Botschaften zu übermitteln haben, fahren sie aus dem Grab in den Körper des Grabschläfers und hinterlassen die Nachricht dort. Am nächsten Morgen übermittelt der Grabschläfer die Nachricht.

Die Geister im Rathaussaal schlafen nicht. Sie sind aber auch nicht wach. Sie sind in einem Zwischenzustand, rastlos. Das ist das eine Band, das sie zusammenhält. Sie finden keine Ruhe. Uns erstaunten Menschen in der hiesigen Welt erscheinen sie, sie verwirren uns und verschwinden wieder. Glücklicherweise hält niemand mehr Hühner in der Innenstadt von Rye, denn mit dem ersten Hahnenschrei müssten per Gesetz alle Geister erstmal zurück in ihre Tagesverstecke. So kommt es, dass man in Rye zu allen Tages- und Nachtzeiten auf Geister stoßen kann, wenn man seine fünf Sinne bewahrt hat.

Dieses geistreiche Geméting gibt es – wie bereits erwähnt – seit dem Jahre 1377. Damals wurden die meisten Gebäude in Rye von den plündernden Franzosen zerstört und damit viele verwunschene, geheime, von Geistern bewohnte Orte. Die Kirchturmglocken – eine davon war damals die erste motbell, der Chatroom der Geister – wurden gestohlen und nach Frankreich gebracht. Jedoch rechtzeitig zur nächsten Versammlung gab es eine einzigartige und einmalige Kooperation zwischen Menschen aus Winchelsea und Rye sowie den Geistern. Ein sozusagen gemischter Stoßtrupp holte die Glocken 1378 in einer Nacht-und-Nebel-Aktion aus Frankreich zurück nach Rye.

Geister gibt es überall auf der Welt. Aber die meisten Geister scheinen ihren Wohnsitz im englischsprachigen Raum, insbesondere in Großbritannien genommen zu haben. Die Geisterwelt der Britischen Inseln ist sehr facettenreich. Dort wird außerordentlich beharrlich das Irrationale in Wort und Schrift gepflegt, so als ob die Briten die besondere Gabe eines bewussten Aufschiebens von Zweifeln haben. Ein gewisses Etwas liegt auf den britischen Inseln überall in der Luft. Die Atmosphäre ist erfüllt von Raunen, von Wispern, von übernatürlichen, spukhaften Dingen.

Es gab im Mittelalter nur eine Handvoll Geister in Rye. Viele Spukgestalten gesellten sich im Laufe der Jahrhunderte dazu. Die meisten kamen vom europäischen Festland, da das Dasein der Geister dort durch sinkende Gastfreundschaft der Menschen unbequem wurde. Die Menschen im übrigen Teil Europas können sich einfach nicht vorstellen, dass ein Bruno Kreisky oder später einmal diese Frau aus Mecklenburg als Geist durch das jeweilige Bundeskanzleramt in Wien oder Berlin spuken. Es geht alles sehr rational zu auf dem Festland, kein Platz für wilde Geister. Schweren Herzens machten sich die so Verleugneten auf den Weg über die Nordsee und den Kanal. Ganz anders geht es nämlich in Großbritannien zu. Downing Street 10, der Sitz des britischen Premierministers in London, gilt seit jeher als ein Ort, an dem es spukt, obwohl manchmal längere Zeit von den Bewohnern keine Geisterbeobachtungen berichtet werden. Den vorliegenden Berichten nach spukt dort eine Männergestalt, gekleidet im Régence-Stil aus den Jahren um 1720. Der Mann scheint von hohem Rang gewesen zu sein. Vielleicht war er sogar ein Premierminister. Ihm ist ein gütiger Gesichtsausdruck gegeben, und er zeigt sich nur in Zeiten nationaler Krisen. Die letzte Sichtung war 1960, als Arbeiter, die im Innenhof des Hauskomplexes arbeiteten, eine merkwürdig altmodische, weiße Gestalt sehr verschwommen durch den Garten gehen sahen.

Natürlich spukt auch ein *Abraham Lincoln* durch das Weiße Haus und ist der am häufigsten von Bewohnern und Besuchern bezeugte Geist Nordamerikas. Theodor Roosevelt bemerkte einmal: »Ich denke an Lincoln, unsicher gehend, schlicht, mit seinem traurigen, stets zerfurchten Gesicht. Ich sehe ihn in verschiedenen Sälen und Räumen.« Was bemerkenswert ist, denn ein Ermordeter spukt in der Regel dort, wo sein Blut zu Boden tropfte. Man kann den Geist übrigens bannen, indem man einen Nagel in seiner Blutlache in den Boden schlägt. Graf Dracula lässt grüßen. Der Umgang mit Untoten ist doch in beruhigender Weise einheitlich geregelt. Am Abend des 14. April, des Karfreitags 1865, besuchte Lincoln mit seiner Frau Mary und einem befreundeten Ehepaar eine Komödie im Ford's Theatre in Washington D.C. Während der Vorstellung verschaffte sich der Schauspieler John Wilkes Booth, ein fanatischer Sympathisant der Südstaaten, Zutritt zur Loge des Präsidenten und schoss ihm aus nächster Distanz mit einer Vorderladerpistole von hinten in den Kopf. Ärzte aus dem Publikum waren sofort zur Stelle, aber die Kugel ließ sich nicht entfernen. Da der Präsident nicht transportfähig war, wurde er in das Petersen House gebracht, ein Privathaus direkt gegenüber dem Theater. Dort starb Lincoln am folgenden Tag, dem 15. April, um 7:22 Uhr morgens, ohne das Bewusstsein noch einmal wiedererlangt zu haben. Sein

Geist gehört also eigentlich der Ordnung halber ins Theater gegenüber. Trotzdem wird er an anderer Stelle, im Weißen Haus gesichtet. Königin Wilhelmina von Holland bewohnte das Rosenzimmer des Weißen Hauses auf Besuch und vernahm ein Klopfen an der Tür. Sie öffnete. Vor ihr stand die geisterhafte Gestalt des früheren Präsidenten. Noch jüngeren Datums ist die Schilderung Winston Churchills, den ein unheimliches Gefühl im Rosenzimmer des Präsidentensitzes beschlich. Die Ehefrau von Präsident Johnson – Lady Bird Johnson – spürte eine »schaurige Erscheinung«, als sie sich im Weißen Haus eine Fernsehsendung über Lincolns Tod anschaute. Lincoln selbst glaubte fest an Übernatürliches. Bis zu seinem Tod blieb er von der Möglichkeit überzeugt, mit der Geisterwelt Verbindung aufnehmen zu können. Vielleicht macht ihn das so unstet.

Druck von außen erzeugt bekanntlich Zusammenhalt im Inneren. Aufgrund dieses physikalischen Gesetzes versammelten sich die Geister auf dem alten Friedhof von Rye im Jahre 1377 zum ersten Mal. Ihre Glocke im Kirchturm war verschwunden. Sie spürten instinktiv, dass Zusammenhalt Sicherheit bedeutet. So wie die Schafe, die den Wolf nicht kennen, sich aber doch zusammendrängen, wenn der Geruch des Grauhunds die Luft schwängert. Die Sorge ums Geistern mit allen seinen kleinen und großen Aufgaben war geweckt. Geister unterhalten sich nicht; sie streiten nicht; sie diskutieren nicht. Sie tauschen sich wortlos auf einer anderen Ebene aus. Ihr vereintes Wissen existiert in dieser geisterhaften Wolke, unsichtbar gespeichert in einer Glocke. 1377 entstand das *férscipe*, die freiwillige Gemeinschaft der Geister von Rye.

Dieser Zusammenschluss wurde mit keinem schriftlichen Vertrag geregelt. Das war unnötig. Geister können ihr Wort nicht brechen. Das férscipe ist einzigartig auf der Welt und gibt es nur hier in Rye. Sein Geltungsbereich ist ein Grenzbereich, mit dem eine völlig fremdartige Welt in die Nüchternheit unseres menschlichen Alltagslebens hineinragt.

Es gab und gibt zahllose Bedrohungen für die Geister von Rye. Da wären zum Beispiel die Exorzisten, die Kollateralschäden an Geistern verursachen können. Ein Exorzismus – ein abgedroschenes Wort und ein missbrauchter Begriff, nicht erst seit William Peter Blattys Bestseller von 1971 und dem später noch erfolgreicheren Film – lässt die Geister normalerweise kalt. Sie sind zum größten Teil nicht das Böse oder seine Gehilfen, sondern Boten aus einer anderen Welt und den Menschen meist gut gesonnen. Eine Teufelsaustreibung wird von einem speziell ausgebildeten Geistlichen durchgeführt. Das Ritual besteht aus Gebeten, lauten Ermahnungen, aus dem Versprengen von geweihtem Wasser und dem Abbrennen von Weihrauch und Kerzen. Eigentlich ist es ein Gottesdienst, der zur Exkommunikation führt. Der Sünder wird vom Geistlichen von weiteren Segnungen ausgeschlossen, indem der im Kerzenschein eine kleine Glocke läutet und geräuschvoll die Bibel zuklappt. Dieser Gottesdienst heißt *Bell, Book and Candle*. Unter dem Titel gibt es eine sehenswerte Komödie von Richard Quine aus dem Jahr 1958 mit den Hauptdarstellern James Stewart und Kim Novak als außerordentlich liebenswerte Hexe, hin- und hergerissen zwischen Zunft und Liebe. Beide hatten zusammen gerade *Vertigo* mit Hitchcock beendet. Darin ging es um Botschaften aus dem Reich der Toten. Der deutschsprachige Raum hat ein unfehlbares Gespür für Missgriffe und Schrott im Filmbereich. Das Original »*Bell, Book and Candle*« wurde ins deutsche »*Hilfe, meine Braut ist übersinnlich*« übersetzt. Nicht nur den Hexen, Zauberern und Geistern in England drehte sich der leere Magen um. Wenn ein Geist dem Exorzisten in die Falle geht, wird die Spukgestalt in Schachteln oder Flaschen eingeschlossen, die an unzugänglichen Orten, zum Beispiel hinter Wasserfällen versteckt werden. Die Verbannung ist zeitlich begrenzt. Meist sind die Geister nach Ablauf der Frist durch die erzwungene Gefangenschaft erst einmal sehr schlechter Laune. Weitere Gefahren drohen den Geistern von Rye in ihren Verstecken schon seit jeher durch Abriss- oder Umbauplanungen; durch Renovierungen an Häusern mit verborgenen Räumen, Falltüren und Geheimgängen; durch unbelehrbare Realisten wie im *Gespenst von Canterville* von Oscar Wilde; durch Geisterjäger; durch gewaltige Mächte aus den Tiefen des Meeres, die begierig auf die kleine Stadt am Meer blicken. Das *Férscip* der Geister von Rye vereinbarte 1377, dass ein Angriff gegen einen oder mehrere von ihnen als ein Angriff gegen sie alle angesehen wird. Im Falle eines solchen Angriffs leistet jeder von ihnen Beistand, indem er unverzüglich für sich und im Zusammenwirken mit den anderen Geistern die Maßnahmen, einschließlich der Anwendung von Gewalt, trifft, die sie für erforderlich erachten, um die Sicherheit der Geister von Rye wiederherzustellen und zu erhalten. Die Maßnahmen sind einzustellen, sobald die Sicherheit gewährleistet ist. Der gewählte *Ealdor* – so etwas wie der Chief Executive Officer CEO – koordiniert eine

solche Selbstverteidigung. Er wählt sich dazu ein Planungs-
team und ein Einsatzteam aus. Darüber hinaus vertritt er die
Geister von Rye nach oben. Er entscheidet letztendlich auch
bei internen Querelen, die so selten sind, als wie Halbmond
und Springtide in Rye zusammentreffen. Das entspricht eigentlich den Aufgaben des ehrenwerten Bürgermeisters von
Rye und seinem weisen Stadtrat, die sich mit den Herausforderungen des menschlichen Alltagslebens des Jahres 2019
beschäftigen: Wohlergehen der Bürger und Gäste, Bildung,
Haushalt, Parkplatzfragen, Müllabfuhr, Wohnungsmangel,
Verkehrsberuhigung, Flutschutz, Wahlen, Arbeitsrecht, Festivals, Wohlfahrt, Betrieb des Rye-Heritage-Centre, Verlei-
hung von Ehrenbürgerschaften und anderen wichtigen Dingen sowie der Vertretung der Interessen der Stadt gegenüber
dem Bezirk. Der Ealdor der Geister hat eine Amtszeit von
einem Jahr. Der Job rotiert, so dass jeder Geist etwa alle fünfzig Jahre gewählt wird. Die Wahl ist nicht so, wie man sich
das gemeinhin vorstellt. Wahlkampfreden, Akklamationen
oder Stimmzettelurnen, das gibt es alles nicht. Alle Geister
konzentrieren sich kurz auf die Angelegenheit, soweit ihnen
das möglich ist. In der Cloud erscheint ein Name. Damit ist
der oder die Neue gewählt. Jeder Geist kennt das Ergebnis
ohne Auszählungen und Bekanntgaben und respektiert es.

Im 19. und 20. Jahrhundert wurden hunderte von Fotos ge-
schossen, auf denen Geister zu sehen sind. Manche waren
geschickte, manche plumpe Fälschungen. Ein paar Fotos
konnten selbst glaubwürdige Wissenschaftler nicht erklä-
ren oder einen Betrug nachweisen. Diese Zeiten sind lange
vorbei. In Großbritannien ist die großflächige, lückenlose

Videoüberwachung seit Langem gängige Praxis. Millionen Überwachungskameras in Geschäften, Häusern, Plätzen, Straßen und weitere Millionen private Überwachungssysteme und Dashcams in Privathäusern und Fahrzeugen filmen eigentlich jeden Winkel der Insel rund um die Uhr. Von jedem nächtlichen Dieb gibt es hunderte Fotos. Auf YouTube kann man sich nächtelang hunderte von Filmchen ansehen, in denen merkwürdige Dinge geschehen oder sich Sachen bewegen. Geisterhafte Gestalten tauchen auf und verschwinden wieder. Lichter kommen und gehen. Teller, Bestecke, Messer schweben oder veranstalten unübliche Bewegungen. Menschen fallen vor Schreck fast um. Professionelle Geisterjäger liefern ultimative Beweise per Kamera. Auch über Ryes Geister sind Fernsehdokumentationen im Netz zu finden.

Die Frage ist nicht, »ob« es Geister gibt, sondern »wer« das denn da so ist, der herumspukt. Interessant ist weiter, »was« den Geist am R.I.P. offensichtlich nachhaltig hindert. Es reicht nicht, die Geister nur zu kennen. Man muss sie auch verstehen. Jemand fuhr im Winter 2018 von Rye nach Hastings, als er bei Rye Harbour im Vorbeifahren rechts einen kleinen Jungen am Straßenrand stehen sah, der an einem Weidegatter in einer niedrigen Hecke lehnte und ausdruckslos geradeaus starrte. Der Fahrer lächelte dem Kind im Vorüberfahren freundlich zu, wie sich das in England gehört, aber der Junge in merkwürdig bunter, wie zum fahrenden Volk gehörender Kleidung, lächelte nicht zurück. Im Rückspiegel konnte er den Jungen nicht entdecken. Ihn überkam ein Gefühl, dass da irgendetwas nicht stimmt. Nach etwa fünfzig Metern drehte er daher um und fuhr zu dem Weidengatter zurück. Er stieg aus, aber von dem Jungen war weit und breit nichts zu sehen. Es waren keine Blätter an Bäumen und Büschen. Man konnte sehr weit sehen. Einen Chagrin konnte man auch nicht entdecken. Das ist ein großer, gelber Igel, der im Glauben der Roma ausnahmslos ein Omen für irgendeine bevorstehende Katastrophe ist. Eine betagte Roma soll an diesem Ort, an dem der Fahrer stand, in tragischer Weise vor hundert Jahren am offenen Feuer beim Rauchen einer Pfeife eingeschlafen und vornüber ins Feuer gefallen sein. Vielleicht sucht der Junge ja seine Großmutter.

Der Geist von Town Crier Lionel Pickles hat seine Rathausrunde beendet. Alles ist bereit für die Versammlung der Geister. Die Kniehose des Geister-Town Crier ist mit leicht gespreizten Beinen und voluminösem Hosenboden geschnitten. Dies ist nötig, um trotz einer am unteren Oberschenkel eng anliegenden, am Knie befestigten Hose sitzen und reiten zu können. Um beim Ankleiden den Fuß durch die enge Stelle am Knie stecken zu können, wurde in die äußere Hosenbeinnaht ein Schlitz mit Knopf-Verschluss eingearbeitet. Der Kniebund wird mit einer Schnalle verschlossen. Die Strümpfe hat er über das untere Ende der Kniehose gezogen. Die einreihig geknöpfte Weste ist hüft-lang. Durch die kurze Weste wäre der Hosenschlitz in der vorderen Mitte sichtbar, deshalb hat seine Hose eine Frontklappe, die Ähnlichkeit mit dem Verschluss der alpinen Lederhosen hat. Die Rockschöße sind knielang. Er trägt einen Pferdeschwanz, der in einen schwarzen Taftbeutel gesteckt wurde. Seine Haare hat er mit Pomade bestrichen, so dass der Haarpuder daran haftet. Der Puder bestand aus feinem Mehl. So, wie zu seiner Zeit eine Frau außer Haus eine Haube trug, trug ein Herr einen Zwei- oder Dreispitz. Einen solchen hat der Town Crier auch heute Nacht aufgesetzt und leicht in den Nacken geschoben. Nun wissen wir, wann Lionel Pickles gelebt hat. Nebenbei ist er ein *storyteller* – ein Geschichtenerzähler, ein anderes altertümliches Gewerbe in England. Lionel hatte irgendwann Mitte des 17. Jahrhunderts in Rye verkünden müssen, dass das Schmeißen von Getränkerunden in Gastwirtschaften ab sofort bei Strafe verboten sei. Diese Regelung wurde im Ersten Weltkrieg in England erneut in Kraft gesetzt, weil die Regierung um die erforderliche Wehrkraft der männlichen Bevölkerung Angst hatte. Nachdem Lionel die Anweisung am *Old Bell* gepostet hatte, machte er sich auf den Heimweg. Ihm wurde plötzlich im *The Mint* ein Sack über den Kopf gestülpt und er selbst erschlagen. Überbringer schlechter Nachrichten sind seit Sparta lebensgefährdet. Entledigt hat man sich der Leiche im Hafenbecken, aus dem der tote Town Crier am nächsten Morgen gefischt wurde. Sein Geist wird gelegentlich vor dem Rathaus und oft in den alten Pubs von Rye gesichtet, immer auf der Suche nach seinen Mördern.

Lionel Pickles erhebt nun seine, für Menschen nicht wahrnehmbare Stimme:

»Oyez! Oyez! Oyez!
Möge Gott das Alte England und die Altehrwürdige Stadt Rye
segnen.
Möge Gott ihren Hochwohllöblichen Ealdor segnen
und die Geister von Rye.
Und möge Gott die Königin schützen.

Ladies und Gentlemen,
sei es bekannt gegeben mit dem heutigen Tage und Ihnen allen
durch mich, den Town Crier Lionel Pickles, vorgestellt:
Geister und Ehrengäste des heutigen Geméting im Rathaussaal
von Rye!«

Es wird nun wieder ein wenig blutig, aber nicht schlimmer als bei den Vorträgen der Pathologin in *Midsomer Murders*. Empfindsame Gemüter überspringen einfach einzelne Geister und beschäftigen sich weiter hinten im Buch mit unblutigen Gesellschaftsspielen wie zum Beispiel »Lebendig Einmauern«.

III

L ionel kommt gleich zu einem der Stars unter den Geistern von Rye, auch wenn der Geist eines eher zierlichen Schlachters aus dem achtzehnten Jahrhundert selten in der Stadt gesehen wird. Sein Totenkopf kann heute noch in der Town Hall besichtigt werden. Der gut erhaltene obere Teil des Schädels als letzter Überrest des Skeletts steckt in einem Käfig, in dem der 1743 gehängte *John Breads* (in der Literatur auch *Breeds* geschrieben) beziehungsweise sein Leichnam für viele Jahrzehnte zur Abschreckung in der Stadt hing. Nach und nach zerfiel der Tote natürlich, aber die alten Leute aus Rye holten sich heimlich seine Knochen, die aus dem aufgehängten Käfig durch die Stangen nach unten auf den Boden fielen, und kochten sich daraus eine Brühe, die gegen Arthrose half.

Drei Personen spielen in dieser Geschichte eine Hauptrolle: John Breads, Allen Grebell und James Lamb. Das Verbrechen von Breads war vorsätzlicher Mord. Er erstach im Jahre 1743 einen Mann – Allen Grebell – auf dem Friedhof in St. Mary mit einem schlanken, schmalen Schlachtermesser. Abgesehen hatte er es dabei allerdings auf einen anderen: Bürgermeister James Lamb. Breads verwechselte die beiden schlicht und einfach.

Die Grebells waren eine fast ebenso einflussreiche Familie in Rye wie die Lambs. Ihr Familienältester Thomas Grebell war zwischen 1699 und 1717 achtmal Bürgermeister. Im

Jahr 1717 heiratete seine einzige Tochter Martha den James Lamb. Sein einziger Sohn ist eben jener Allen Grebell. James Lambs Herkunft ist etwas im Dunkeln. Er war aber offenbar zunächst stellvertretender Zollinspektor für Rye und später Leiter der Zollstation. Er kaufte um 1722 das spätere *Lamb Haus* von seinem Schwager Allen Grebell und baute es zu dem Ensemble aus, was wir heute vorfinden. Nur das Gartenhaus fiel wie berichtet 1940 einer deutschen Fliegerbombe zum Opfer und wurde nicht wieder aufgebaut. Eine Plakette erinnert in der West Street an seinen Standort. Durch Protektion der Grebells wurde Lamb bald Stadtrat und 1723 mit breitem Rückhalt in der Bevölkerung erstmals Bürgermeister. Er war zwischen den Jahren 1723 und 1756 dreizehnmal Bürgermeister und wechselte sich in dieser Funktion mit seinem Schwager Allen Grebell mehrfach ab. Bis ins Jahr 1832 führten die Lambs klug und effizient sowohl die Stadt als auch ihre eigenen Geschäfte.

In einer stürmischen Nacht im Januar 1726 spielte das Schicksal den Lambs eine Trumpfkarte zu. König Georg I. von Großbritannien traf zu einem ungeplanten Besuch in Rye ein.

Mit Königin Annes Tod am 12. August 1714 und damit dem endgültigen Verlust der Krone für die Stuarts folgte ein Urenkel von Jakob I./VI. von England und Schottland auf den Thron. Es handelte sich dabei um den Welfen Georg Ludwig, Herzog von Braunschweig und Lüneburg, seit 1698 Kurfürst von Hannover. Dieser Georg Ludwig war durch den *Act of Settlement* begünstigter Sohn von Sophie von der Pfalz und damit nach Annes Tod Nächster in der Thronfolge für London. Er nahm den Job an und nannte sich fortan Georg I. Mit ihm begann nach den Stuarts die *georgian* genannte Epoche mit vier Georgs und einem Wilhelm auf dem Thron. Der Hannoveraner kam an die Macht, weil er protestantisch war. England hatte ausgeschlossen, dass ein Katholik in London regiere. Mit dem *Act of Settlement* verabschiedete das englische Parlament am 22. Juni 1701 die Grundlage der protestantischen Thronfolge im Königreich England. Unter Umgehung der bis dahin gültigen Erbfolgelinie schloss das Gesetz insgesamt 56 Katholiken von der Thronfolge aus und erkannte den Erbanspruch Sophies von der Pfalz und ihrer Nachkommen auf die englische Krone an. Sophie war eine Tochter von Elisabeth Stuart und die nächste lebende protestantische Verwandte des englischen Königshauses. Am 15. August 1701 reiste eine Abordnung des englischen Parlaments, unter Leitung des Earl of Macclesfield, nach Hannover und überreichte Sophie feierlich die Sukzessionsurkunde. Mit *Bonnie Prince Charly* – Charles Edward Louis John Casimir Sylvester Severino Maria Stuart – versuchten die Stuarts noch einmal einen Katholiken an die Macht zu bringen und scheiterten 1746 endgültig. Viele katholische Schotten unterstützten Bonnie Prince Charly's Anliegen. Er siegte am 21. September in der Schlacht bei Prestonpans und am 17. Januar 1746 in der Schlacht bei Falkirk gegen britische Regierungstruppen. Der französische König Ludwig XV. hatte die Entsendung von 12.000 Soldaten versprochen, um den rebellischen Aufstand zu unterstützen, überlegte es sich dann jedoch anders. Die Rebellenarmee der katholischen Stuarts war bereits in den Norden Englands vorgedrungen, wurde dann aber von den unter dem Kommando von Georgs Sohn Wilhelm August, Duke of Cumberland, stehenden Truppen zurückgedrängt. Am 16. April 1746 wurde die erschöpfte, hungernde und schlecht ausgerüstete jakobitische Rebellenarmee in der Schlacht bei Culloden vernichtend geschlagen. Es ist die letzte Landschlacht, die jemals auf britischem Boden stattfand. Bonnie Prince Charly floh nach Frankreich, doch viele seiner schottischen Anhänger wurden gefangen genommen, in die Kolonien zum Arbeitsdienst geschickt oder exekutiert. Viele Schotten verloren ihr Land an die Krone.

Dieser Georg I. geriet also im Januar 1726 während eines heftigen Sturms in arge Seenot. Der Kapitän seines Schiffes konnte Rye heil anlaufen, und der König betrat den *Strand*. Seine Frage auf Deutsch, ob er jetzt in London sei, wurde zwar verneint. Aber er wurde sogleich zum Bürgermeister ins Lamb Haus geleitet. James Lamb bemühte sich rührend um das Wohlergehen des Königs, obwohl er gedanklich, aus einem bestimmten Grund, sicherlich etwas abgelenkt war. Obwohl erwiesen ist, dass Georg I. neben Deutsch vier Fremdsprachen beherrschte – Latein, Französisch, Italienisch und auch leidlich Englisch-, hält sich bis heute hartnäckig die Behauptung, er habe nur Deutsch gesprochen und kaum ein Wort Englisch verstanden. In der Tat verwandte Georg das Englische sparsam, was unter anderem mit einer gewissen Schüchternheit erklärt wird. Die wichtigste Korrespondenz, auch mit seinen kurfürstlichen Beamten in Hannover, führte er auf Französisch. Die einzige, für beide Herren umfassend verfügbare Sprache war also Lateinisch. In dieser Sprache unterhielten sich Gast und Hausherr sehr gut. Wie das Schicksal es weiter wollte, gebar Frau Lamb in dieser Nacht einen Sohn. Der im Haus weilende König war bei der Taufe in St. Mary zugegen. Man taufte damals wegen der hohen Kindersterblichkeit recht zügig nach der Geburt. Der König gab dem Kind seine Patenschaft, seinen Namen, eine wertvolle Silberschale sowie zu Weihnachten einhundert Silberstücke. »Gutes Timing, Frau Lamb«, würde man heute wohl sagen. Die Lambs unterstützten in Folge der Ereignisse dieser Nacht die Welfen auf dem Londoner Thron. Ihre Unterstützung erhielt insbesondere der Nachfolger Georgs I., sein Sohn Georg II.

Allen Grebell, einziger Sohn von Thomas, wurde 1692 geboren und folgte seinem Vater 1720 zum ersten Mal als Bürgermeister nach. Er lebte – wie sein Vater – gegenüber dem Lamb House Ecke Weststreet.

Der Dritte im tödlichen Spiel war wie erwähnt der Schlachter John Breads. Zwei seiner Vorfahren waren Bürgermeister zu Zeiten Elisabeths I. gewesen. Er selbst heiratete eine Mary, die in den Jahren 1730 und 1733 die Söhne John und Richard gebar. 1738 raubte der Tod ihm seine Frau, und Breads blieb Witwer für den Rest seines Lebens. Er hatte 1729 das *Flushing* erworben. Das ist ein heute noch stehendes Eckhaus links neben der Town Hall. Im hinteren Bereich des Flushing war das Schlachthaus mit Ladengeschäft. 1735 eröffnete Breads nach vorne zur Market Street hin eine Gaststätte, das Flushing Inn. 1737 entdeckte die strenge Marktüberwachung drei untergewichtige – zu leichte – Gewichte in seinem Schlachterladen. Das war ein schweres, aber durchaus häufiges Vergehen in Rye. Im selben Jahre gab es achtzehn ähnlicher Vorgänge in der Stadt, insbesondere zu kleine Bierkrüge in den Gaststätten. Das darauf folgende Verfahren wegen Falschwiegens wurde durch das später verfehlte Mordopfer James Lamb geleitet. Dieses Verfahren hat Breads offenbar schwer mitgenommen. Er fing an, den ermittelnden Bürgermeister zu meiden, zu verachten, zu fürchten und dann zu hassen. 1739 gab er den Gaststättenbetrieb bereits wieder auf und vermietete das Flushing Inn. Viel schwerer wog aber wohl der Tod seiner Frau zur selben Zeit. Nun hatte er neben den Sorgen wegen des aufgedeckten Falschwiegens auch noch die alleinige Verantwortung für zwei kleine Kinder. Ab jetzt kann man aus den spärlichen Dokumenten herauslesen, dass er durch Überlastung, Depression und Ehrverlust mehr und mehr dem Irrsinn, wie man das damals nannte, verfiel. Breads wurde psychisch schwer krank. 1743 war er durch seinen Hass auf den Bürgermeister, durch Verfolgungswahn und Depressionen, mental soweit gesunken, dass er beschloss James Lamb zu töten.

Das Schicksal spielte Breads in die Hand. Am 17. März 1743 feierte John Lamb, der dritte Sohn des Bürgermeisters, unten am Fischmarkt den 18. Geburtstag und damit seine Volljährigkeit. Sein Vater, der Bürgermeister, war natürlich auch eingeladen. Breads wusste natürlich, wie ganz Rye, von dieser Party, denn die kalten und warmen Catering-Platten waren bei ihm bestellt worden. Damit reifte Breads' Plan, dem sicherlich bezechten Bürgermeister James Lamb nachts auf dem Rückweg von der Feier aufzulauern. Vom Lamb House geht man über den Friedhof, der gegenüber der Schlachterei liegt, zum Fischmarkt hinunter. Dort, auf dem Friedhof an der Kirche, gedeckt von zwei sehr großen, alten Grabsteinen und hinter einer großen Blutbuche versteckt, lauert er nun seinem Opfer auf.

Ein Kauz landet lautlos auf dem Ast über ihm und sucht Windschutz am Stamm der Blutbuche. Die kleine Eule ist ein Todesomen. Um sich dem schlechten Vorzeichen zu entziehen, will Breads den Vogel töten. Dazu umkreist er im nassen Gras langsam dreimal die über ihm sitzende Eule. Käuze haben unter anderen vier große Schädelöffnungen; zwei für die Augen und zwei für die Ohren. Sie jagen wie Breads in der Nacht. Ihre Beute müssen sie im Dunkeln finden. Die Ohren des Kauzes sind so groß, weil das Hören zum Orten der Beute sein Hauptsinn ist. Das Gehör wird nicht wie bei Breads im Alter schlechter, sondern bleibt den Vögeln ein Leben lang in gleicher Qualität erhalten. Man kann die Ohrkanäle des Kauzes nicht sehen, denn sie sind von weichen Federn verdeckt, die den Schall ins Ohr leiten und die ihre Stellung so verändern können, dass dieses den optimalen Empfang sicherstellt. Der ganze Vogel ist mit weichen Federn bedeckt, die ihm seinen lautlosen Flug ermöglichen. Von keinen eigenen Fluggeräuschen gestört kann eine Eule in der Luft ihre Beute mit dem Gehör orten. Die sehr großen Ohren lassen an der Schädelseite keinen Platz. So mussten die Augenöffnungen der Eulen sich im Laufe der Entwicklung drehen und nach vorn ins Gesicht wandern. Daher auch dieser besondere Gesichtsausdruck, den die Nachtgreife mit ihren leicht hervortretenden Augen haben. Der Kauz hat bei Tageslicht in etwa so viele Rezeptoren in den Augen für buntes Licht wie Breads auch. Das Tages-Sehen der Eule ist also ähnlich. Aber bei Dämmerung und Nacht verfügt das Auge des Kauzes über zehnmal so viele Rezeptoren wie ein Mensch. Außerdem ist die Pupille, die Lichteintrittsöffnung, mit dreizehn Millimetern wesentlich größer als die acht Millimeter messende von Breads. Die Rückwand des Eulenauges liegt in größerem Abstand zur Pupille als bei Breads. Damit wird eine höhere Vergrößerung im Auge erreicht. Nach hinten im Schädel war kein Platz mehr wegen der großen Ohren; also mussten die Augen sich während der Evolution nach vorn ausdehnen. Daher stammen die leicht hervortretenden Glubschaugen der Eule. Augen und Ohren sind wegen ihrer direkt benachbarten Lage im Schädel direkt miteinander verbunden, so dass Gehör und Sehen gekoppelt sind. Breads hat diesen siebten Sinn nicht. Weil die Augen des Kauzes wegen der großen Ohren von der Natur nach vorn am Kopf ausgerichtet werden mussten, verfügt der Vogel nur über ein eingeschränktes Sehfeld nach vorne. Er muss aber rundum schauen können, um den Signalen der Ohren mit den Augen folgen zu können. Eine Eule kann daher den Kopf um 360 Grad drehen, jeweils 180 Grad nach rechts oder links, was Breads unmöglich und für ihn auch nicht nötig ist. Die Natur hat sich – recht logisch vorgehend – etwas einfallen lassen, um der Eule die doppelt so große Drehfähigkeit des Kopfes wie der eines Menschen zu ermöglichen. Breads hat sieben Halswirbel, mit denen er knapp 180-Grad-Kopfdrehungen vollführen kann. Die Evolution hat im Kauz wie in allen Eulen im Laufe der Jahrmillionen weitere sieben Halswirbel wachsen lassen. Mit nunmehr vierzehn Halswirbeln kann der Nachtjäger da auf dem Ast also den Kopf um insgesamt

360 Grad drehen, 180 nach links und 180 nach rechts. Um einen Kauz zu töten, musste man ihn also ein paar Mal umrunden. Die Eule schaut einem immer hinterher, dreht sich dabei ihren Kopf um und irgendwann ab. So tötet man einen unglücksbringenden Kauz. Das glaubten die Menschen zu Breads Zeiten jedenfalls. Fakt ist, dass der Kauz das Mordopfer zehnmal eher entdeckte als Breads.

Die Schutzengel waren in dieser Nacht bei Lambs, leider nicht bei Grebells. Der Bürgermeister James Lamb fühlte sich am frühen Abend daheim etwas unwohl. Er hatte wahrscheinlich ein Anfall von Romney-Marsch-Sumpffieber. Das ist ein Malariaverwandter mit gleichen Symptomen wie Fieber und Schwindel. Lamb rief nach seinem Schwager und stellvertretenden Bürgermeister Allen Grebell, der im Haus gegenüber wohnte. Dieser eilte sofort über die Straße zu ihm. Lamb bat seinen Schwager und Stellvertreter, ihn als Vater und Bürgermeister bei der schon laufenden Feier des Sohnes unten am Fischmarkt zu vertreten. Allen erfüllte ihm diesen Wunsch von Herzen gerne und wollte schon seine schwarze Stellvertreter-Robe zum Schutz vor dem Wetter von zuhause holen. Um Zeit zu sparen, drängte ihm Lamb aber seine rote Bürgermeister-Robe auf. Außerdem, so argumentierte er, sei die rote Robe angemessen, da Allen den Bürgermeister zu vertreten habe. Mit der roten Robe um die Schultern machte sich Allen Grebell dann auch sofort auf den Weg über den Friedhof hinunter zum Fischerviertel. Es war ein stürmischer, nasser Vorfrühlingsabend.

Auf dem Rückweg von der Feier ging Allen Grebell geduckt zum Schutz gegen den Regen und den Sturm über den Friedhof in Richtung seines Hauses. Seine Kopfbedeckung hatte er sich tief ins Gesicht gezogen, um dem frontalen Regen zu trotzen. Ganz nüchtern war Allen auch nicht mehr, und der steile Weg bergauf nach Hause hatte ihn etwas atemlos gemacht. Plötzlich rempelte ihn – so meinte er jedenfalls – ein entgegenkommender Betrunkener an und ging einfach weiter. Drei Minuten später war Grebell zu Hause. Er schickte die wartenden Dienstboten zu Bett; er selbst wolle sich nur noch ein wenig vor dem prasselnden Kaminfeuer im Sessel ausruhen. Dort fanden ihn früh am nächsten Morgen – zusammengesunken sitzend mit dem Kopf auf der Brust – die Bediensteten und sein Schwager tot auf. Unter seinem Sessel war eine Blutlache. Die rote Robe um seine Schultern war blutgetränkt.

Der Mörder kannte sich als Schlachter gut aus. Er war schließlich ein Fachmann. Sein Stilett-artiges Messer zum Abstechen von Schafen, Schweinen und Rindern fügt Grebell beim Stich während des Anrempelns keine Schmerzen zu. Es ist so wie das Gefühl, wie wenn man sich aus Unachtsamkeit mit einer Seite Papier tief in die Hand schneidet. Es fühlt sich ungewohnt an und juckt vielleicht ein wenig. Erst wenn man das Blut sieht, begreift man was passiert ist. So verblutete auch Allen Grebell ziemlich langsam, ohne zu ahnen, was ihm eigentlich passiert. Es wurde ihm trotz des Kaminfeuers erst etwas kühl auf seinem Sessel in dem regennassen, roten Mantel, dann ein wenig schwindelig und dann schläfrig. Exitus.

Eine sofortige Obduktion hätte ergeben, dass das Mordwerkzeug 8,5 Zentimeter tief in die Brust eingedrungen war.

Am oberen Teil der linken Seite des Brustkorbs war eine kleine, flache Wunde, welche kaum noch mehr als vier Tropfen Blut fließen ließ. Das Tatwerkzeug hatte die vierte Rippe gebrochen und war dann durch den Rippenzwischenraum in die Brust eingedrungen. Es hatte den unteren Teil des oberen Lungenflügels, der das Herz bedeckt, durchbohrt und traf die hintere Fläche der linken Herzkammer einen Zentimeter von dem absteigenden Zweig der *Arteria Coronara*, dem Koronargefäß, entfernt. Die linke Herzkammer wurde vollständig durchbohrt, die hintere Scheidewand dieser linken Herzkammer zeigte eine flache Öffnung von vier Millimeter Länge. Im Herzbeutel befand sich ein großer Pfropfen geronnenen Blutes. Todesursache war eine Herzbeuteltamponade. Grebells Gesicht war ruhig und ohne Muskelanspannung, die Haut noch lauwarm, die Leichenstarre noch nicht eingetreten. Blassgelber Teint. Die Haare waren dunkel mit deutlichen Strähnen. Graublaue Augen, insgesamt gutes Gebiss mit fehlenden Weisheitszähnen. Das Unterhautfettgewebe war mit einer Stärke von 2 Zentimetern wenig entwickelt. Im Wundherd, an der tiefsten Stelle der Wunde, erkannte man Indizien der beginnenden Totenstarre. Keinerlei Ausfluss aus Nase oder Mund. Eine Tätowierung, ein Anker, fand sich an der Schulter des toten Allen Grebell, die Zuneigung zum Meer ausdrücken sollte.

James Lamb hatte unruhig geschlafen und ging im Morgengrauen des 18. März zum Haus gegenüber, um nach seinem Schwager zu sehen. Er fand seinen Stellvertreter leblos vor dem längst erkalteten Kamin.

Der psychisch kranke John Breads machte nach dem Mord

vier Fehler. Erstens betrank er sich nach dem Attentat. Zweitens lief er dann mit zu viel Promille Blutalkoholkonzentration durch die Straßen von Rye und rief lachend, irgendwie befreit und in der falschen Annahme, er habe James Lamb erstochen »*butchers kill lambs*«, »Schlachter töten Schafe«. Drittens verlor er sein blutiges Messer, in dessen Griff sein Name eingeschnitzt war, am Tatort. Viertens sagte er in Ketten vor Gericht sinngemäß aus, dass er nicht vorhatte, Allen Grebell zu töten. Er habe James Lamb ermorden wollen, den er auch jetzt am liebsten umbringen würde, wenn er nur könnte. Wenn Breads diese vier Fehler nicht unterlaufen wären, wäre er vielleicht nie gefasst und verurteilt worden.

Allen Grebell wurde am 22. März begraben, während John Breads da schon vier Tage im Ypres Tower einsaß. Er war ein schwieriger Gefangener, wie Rechnungsunterlagen des Gefängnisses zeigen. Es mussten zusätzliche Ketten und Fesseln vom Schmied gekauft werden, um den Geisteskranken ruhig zu stellen. Zu der Zeit folgte Strafe einem Vergehen in der Regel auf dem Fuße. Warum also dauerte es bis zum 25. Mai desselben Jahres bis John Breads vor Gericht stand? Das waren ganze 67 Tage nach dem Mord.

Der Richter und Bürgermeister James Lamb, Breads' vermeintliches Opfer, scheint sich rückversichert zu haben, ob er ohne juristische Ausbildung der Verhandlung vorsitzen könne. Zur Sicherheit holte er einen Rechtskundigen aus Canterbury als Beobachter. Daher ist der Prozess auch gut dokumentiert, inklusive der Kosten von fünf Schilling für Wein und drei Guineas für noch einmal zusätzliche Ketten für Breads. Man wollte das Risiko vermeiden, das der Mörder sich während der Verhandlung nunmehr auf das richtige Opfer stürzt. Das Gericht bestand neben dem Bürgermeister aus drei Stadträten als Beisitzer.

War es rechtens, dass der Bürgermeister, als eigentlich vorgesehenes Mordopfer, einer Verhandlung über seinen eigenen Mord vorstehen konnte? Und was ist mit seinem verwandtschaftlichen Verhältnis zum tatsächlichen Mordopfer, seinem Schwager? Auch ein Laie würde heutzutage wohl auf Befangenheit plädieren. Aber wir sind im Jahr 1743. Damals gab es bei Verhandlungen zu Mordfällen keinen Verteidiger. Der Angeklagte durfte das Wort nicht an das Gericht richten. Er durfte sich nicht selbst verteidigen. Er durfte keine Zeugen ins Kreuzverhör nehmen. Er durfte noch nicht einmal in den Zeugenstand berufen werden. Rechtsprechungen damals und heute sind sehr schwer vergleichbar. Verfahrensfehler allerdings waren schon damals fatal. Wenn der Name des Angeklagten in der Anklageschrift falsch geschrieben wurde – und sei es nur ein Buchstabe – verließ er ohne Möglichkeit der Wiederaufnahme des Verfahrens durch den Staatsanwalt – egal, was er ausgefressen hatte – den Saal auf der Stelle als freier Mann.

Breads plädierte in der Verhandlung auf »nicht schuldig«. Heutzutage wäre ihm wegen seines Gemütszustandes wohl Unzurechnungsfähigkeit attestiert worden und er wäre in eine geschlossene Anstalt gewandert. Nicht so damals. Man vermutet nun sicher, dass der Fall von der Jury in wenigen Minuten entschieden wurde. Das ist weit gefehlt. Nach der Beweisaufnahme zog sich die Jury für geschlagene zehn Stunden zur Beratung zurück, bevor sie ihr Ergebnis »schuldig« bekanntgab. Man mutmaßt heute in der Aufbereitung des Falles, dass John Breads und die Angehörigen der Jury Verbündete im Schmugglerbusiness waren. Die großen Keller des *Flushing* wären schließlich ein sehr geeignetes Wolle-Versteck. Und insgeheim waren auch respektable Bürger in den Schmuggel von Wolle verstrickt.

Die besagten Keller des Flushing werden vom heutigen Bewohner nicht genutzt. Es sind hohe Gewölbe; etwa 30 Quadratmeter groß, mit kleinen Schrägfensterluken zur Straße, durch die Waren heruntergelassen werden könnten; zwei verrammelte Türen führen wer weiß wohin, vermutlich alte, verfallene, geheime Schmugglergänge zum nächsten oder übernächsten Haus, vielleicht in die Kirche, die den Schmugglern auch als Versteck diente.

Tatsache bleibt, dass sich Rye um die Waisen des Angeklagten sehr gut kümmerte, nachdem man den Vater aufgeknüpft hatte. Volljährig erhielten die Söhne das gesamte *Flushing* als Erbe zugesprochen. Bis dahin wurden ihre Ausbildung und der Lebensunterhalt von Rye bezahlt. Das Flushing Inn war eines der ältesten Gasthäuser von Rye. Zahlreiche Fresken aus dem 16. Jahrhundert, die erst 1905 entdeckt wurden, zieren das Innere. Die volljährigen Breads-Brüder, die Söhne des Gehenkten, verkauften die Gaststätte und das Schlachthaus. Sohn John verschwindet im Dunkel der Geschichte. Sein Bruder Richard bekam 1764 die Lizenz, eine der drei Dutzend Gaststätten in Rye, *The Two Brewers*, zu betreiben. Das Two Brewers heißt heute *Queen's Head*, hat am Wochenende wie viele Ryer Restaurants Livemusik und gehört im Jahre 2019 einem Jonathan Breeds, ehemaliger Bürgermeister von Rye, der selber in der Küche steht und manchmal Shanties singt.

Der vorsitzende Richter James Lamb hatte den Angeklagten im Verlauf des Verfahrens um Falschabwiegen einmal selbst als »geisteskrank« bezeichnet. Befangenheit des Richters mögen in der Jury zu weiteren Diskussionen geführt haben, was die Beratung nach der Verhandlung weiter ausgedehnt haben mag. Der Bürgermeister und vorsitzende Richter verlas am späten Abend des 25. Mai 1743 das Urteil, dass Breads wegen Mordes für schuldig befunden worden sei und am Hals aufgehängt werden soll, bis dass der Tod eintritt. Der Henker wurde bestellt. Am 8. Juni kriegte Breads noch einen letzten Schnaps im *Flushing*, wurde auf die Wiesen gegenüber dem *Strand* geführt und dort gehängt. Der Schmied im *Mint*, der verlängerten High Street von heute, in der sich damals auch die Münze von Rye befand, bekam den Auftrag, einen Ganzkörperkäfig – *gibbet* – zu schmieden. Darin wurde Breads Leichnam für viele Jahrzehnte öffentlich zur Abschreckung auf der heutigen *Gibbets Marsh* – jetzt ein großer Parkplatz – aufgehängt. Viele Jahre später hing diese Käfig-Komposition noch kurz in der Kirche. Gibbet und Schädeldecke von Breads hängen danach bis heute auf dem Dachboden der Town Hall von Rye, unterbrochen von einem kleinen Ausflug 1946 zu einer Polizeiausstellung in Brighton.

Der untersetzte, schlanke Geist von John Breads springt auch heute Nacht beim Geméting wieder leicht wirr durch die versammelte Geisterschar im Saal des Rathauses. Ansonsten wird er gelegentlich, besonders in sturmgepeitschten Regennächten, auf dem alten Friedhof gesichtet, gekleidet in der Schlachtertracht damaliger Tage. Er kommt in seinen Kniebundhosen, Schnallenschuhen, weißen Strümpfen, Jacke und weitem Mantel mit aufgesetzten Taschen sowie einer Art Zipfelmütze auf dem Kopf stets hinter dem großen Baum hervor, der ihm damals als Versteck diente. Man kann ihn gut erkennen, denn ein C. Goddard hat den Geist am 20. April 1882 nach einer persönlichen Begegnung aus dem Gedächtnis gezeichnet. Dieses Portrait befindet sich in der Town Hall von Rye. Breads Opfer, vielmehr der Geist von Allen Grebell, treibt sich heute Abend – wie jedes Jahr – lässig auf dem Podium herum und wirft seinem Mörder manchmal einen schmunzelnden, fast mitleidigen Blick zu. Die ganze Geschichte ist vor neun Generationen passiert. Zeit heilt alle, wirklich alle Wunden, auch wenn Narben bleiben. John Breads hat mit seinem Leben bezahlt. Die beiden sind quitt. Vor ein paar Jahren gab es auch wieder einen Bürgermeister von Rye namens Breads.

Manchmal – so geschehen in einem Haus zwischen Anschlags- und Todesort von Grebell – hören Bewohner, wie jemand im ersten Stock Ketten hinter sich her schleift. Das ist der Geist von Allen Grebell, der seinen Mörder mit dem Eisen binden will. Es gab Gerüchte, dass das Mordopfer die Lamb-Familie heimgesucht hätte. Im Dunkel der Geschichte liegen Geheimnisse um die Lamb-Grebell-Connection, die das Tageslicht zu scheuen scheinen. Es wird ein Geheimnis bleiben.

Die große Blutbuche, hinter der sich Breads versteckte, steht noch und ist voller Leben. Es ist ein bemerkenswerter Baum, dem wohl nie einen Gärtner auf die Rinde gerückt ist. Er hat in seinem Leben gemacht, was er wollte und ist ab Mannshöhe mehr als riesengroßer Busch gewachsen denn als Baum. Man kann sich auf der Suche nach Geheimnissen in seinem Schatten auf eine Bank setzen und lauschen. Je mehr man hört, umso leiser wird man. Je leiser man wird, umso mehr hört man. Bäume sind Botschafter und Vermittler zwischen Himmel und Erde.

Eine Kopie des Eisenkäfigs von Breads mit einem Plastikskelett hängt im *Rye Heritage Centre* am Strand Quay im Vorführraum des Stadtmodells mit seiner sehenswerten, mehrsprachigen Licht- und Tonvorführung. Das riesige, maßstabsgetreue Modell wurde von einem Ehepaar aus Rye in detailverliebter Handarbeit gebastelt. Dieses »*Story of Rye Town Model Sound and Light Show*« wurde 2019 von Fachleuten restauriert. 40 Jahre Betrieb und insbesondere die intensive Lichteinwirkung während der Show hatten ihre Spuren an dem guten Stück und insbesondere an seinen ursprünglich Bau-Materialien wie Pferdehaar, Sago als Kopfsteinpflaster und echten Miniatur-Hanfseilen hinterlassen. Nun ist alles UV-geschützt und erstrahlt in neuem Glanz. Die Kopie von Breads Skelett und seinem Behälter wiegt insgesamt fünfzig Kilogramm. Zwei sehr kräftige Menschen sind nötig, um den Käfig mit einer Leiter an den Haken in der Decke rechts hinten in drei Meter Höhe zu hängen. Die Kopie des Totenkopfes blickt die Zuschauer der Show auf den Bänken gegenüber aus seiner Ecke an. Ein unbekannter Geist macht sich gelegentlich einen Spaß daraus, nachts – wenn alles verschlossen ist – den Käfig anders herum aufzuhängen. Die Totenkopfaugen starren dann zur Wand statt zum Publikum der Schau. In der Aufhängung des Käfigs ist kein Wirbel. Das bedeutet, man muss zum Drehen den Käfig samt Inhalt komplett abnehmen, umdrehen und wieder hochhieven. Es muss sich also um einen recht kräftigen Geist handeln, der sich diesen Spaß erlaubt. Mit viel Aufwand und einer Leiter wird der Urzustand von Stadtangestellten am nächsten Morgen wieder hergestellt. Bei nächster Gelegenheit glotzt das Teil wieder um 180 Grad gedreht an die Mauer. Das ist alles sehr mysteriös. Das Gebäude des Rye Heritage Centre mag von außen relativ neu aussehen. Aber es handelt sich in Wirklichkeit um ein Klasse II – denkmalgeschütztes Bauwerk. Die Außenwände sind nur Fassade. Dahinter verbirgt sich ein alter Hafenspeicher, in dem man früher das Stückgut der am Kai liegenden Schiffe lagerte. Rum-, Tee- und Teerduft, der Ruf von Schauerleuten, Shanties, Flüche von Seeleuten und besorgte Blicke von Händlern schlummern in den Mauern. Und niemand weiß, was noch alles. Einer Mutter und ihrer Tochter legte sich vor einiger Zeit im Dunkeln eine Hand von hinten auf die Schultern, als sie sich die Modellschau ansahen. Als sich die beiden umblickten, war niemand zu sehen. Das Handauflegen von hinten im Dunkeln scheint eine Spezialität der Geister um Rye zu sein. Im *Rye Harbour Park Holiday-Club* kann einem so etwas schon mal passieren. Das haben glaubwürdige Zeitgenossen bezeugt. Auch Andy, der Wirt, oder Steve, der Parkwarden, können von solchen Erscheinungen berichten. Der etwas verfallene, unbewohnte Martello Tower direkt gegenüber dem Clubeingang ist ein überaus geeignetes Tagesversteck für Geister aller Art. Einhundertvierundsechzig durchnummerierte Martello-Türme baute das britische Empire zwischen 1796 und 1814. Es handelt sich dabei um kleine, runde Befestigungen aus der Zeit der Napoleonischen Kriege als Schutz gegen den Korsen.

Im ersten Stock des Rye Heritage Centre, nur eine Treppe hoch, gibt es eine bemerkenswerte Ausstellung. Dort befindet sich die *Old Pier Penny Arcade*. Man findet dort Spielautomaten, wie sie in der vorelektronischen Zeit in Badeorten der englischen Küsten auf dem Pier oder an der Flaniermeile zu hunderten standen. Es sind mechanische Wunderwerke einer vergangenen Epoche. Man wirft einen dieser alten, großen, Patina-bedeckten, 1971 aus dem Verkehr gezogenen Geldstücke ein, und Zeugen aus der Zeit von 1900 bis 1960 beginnen zu leben. Zahnräder, Stangen, Gelenke, Gewichte und ein mechanischer Motor fangen an, sich zu bewegen und treiben das Ganze an. Da kann man unter anderem einer hübschen Enthauptung beiwohnen. Eine Zugbrücke öffnet sich, man erblickt die Guillotine. Der Miniatur-Henker bringt das Fallbeil in Position und die arme, kleine Figur da unten auf dem Block ist schnell einen Kopf kürzer. Das kann man so oft spielen, wie man Kleingeld hat. Penny-Nachschub erhält man unten an der Kasse. Wenn die Zugbrücke geschlossen ist, wird der kleine Kopf bis zur nächsten Enthauptung wieder an seinem ursprünglichen Platz am Hals deponiert. Das ist alles sehr witzig. Eine andere Maschine zeigt einen Einbruch. Ein schlafender Mann mit einem riesigen Geldschrank in seinem Schlafzimmer wird von einem Dieb mit Schneidbrenner besucht. Der Dieb ist so in seine Arbeit vertieft, dass er weder merkt, dass sein Opfer aufwacht, noch, dass die Polizei den Tatort betritt. Das alles und noch viel mehr ist Unterhaltung aus einer Zeit, in der die Elektronik erst noch erfunden werden musste. Weitere Attraktionen sind »What the Butler saw« und weiter hinten der Lachende Seemann. Hinter einer Glasscheibe sieht man einen Sailor, der nach Einwurf des kleinen Metallstücks anfängt, so zu lachen, dass man es nicht unterdrücken kann, mitzulachen. Das ist aber nicht Alles zum Thema Lachender Seemann. Als jemand vor kurzem alleine dort im ersten Stock war, fing der Seemann auf einmal an zu lachen. Es war absolut niemand sonst im Raum. Die Maschine kann, da mechanisch, nur arbeiten, wenn jemand Geld einwirft. Ein Kurzschluss ist ausgeschlossen. Dasselbe ist noch anderen Besuchern passiert. Alle sind der Meinung, dass es einen Geist vom Heritage Centre in Rye gibt. Warum er dort spukt, ist unklar. Vielleicht hat er früher dort Holz oder Wolle gestapelt und fühlt sich nun an seinem ehemaligen Arbeitsplatz im Speicher gestört. Oder ihm ist einfach nur langweilig. Oder unter dem Fußboden befindet sich ein Goldschatz der Piraten, und er will allzu Neugierige vertreiben. Oder er erwartet Schmuggler, um deren Wolle im Haus zu verstecken, bis die nächtliche Reise nach Frankreich losgeht. Wer weiß.

Man weiß auch nicht, ob dieser Geist nur im Heritage Centre agiert oder auch in der Umgebung. Er scheint nicht im Speicher zu Tode gekommen zu sein, denn der Geist legt eine große Bewegungsfreiheit im ganzen Stadtviertel an den Tag. Fest steht, dass auch die nähere Umgebung von mysteriösen Erscheinungen betroffen ist. Wenn man das Heritage Centre verlässt und sich nach links wendet, kommt man über den Deal an eine Kreuzung am Fuße der Mermaid Street. Hier befand sich einst das Strand-Tor, einer von vier Durchlässen in der Stadtmauer. Eine Plakette erinnert heute an Tor und Mauer. Blickt man nach oben, sieht man über den Mauerresten das *Old Borough Arms*. Von dort kommend wurde ein verschwommener Mann mit einem sehr hohen Hut gesichtet, der in das Antiquitätengeschäft *Strand House* gegenüber an der Kreuzung ging. In diesem Geschäft hängen im Schaufenster manchmal zwei *Witchballs*, die leider nicht zum Kauf stehen. Es handelt sich um eine rötliche und eine weiße Glaskugel. Witchballs sieht man auch in einigen Fenstern von Privathäusern und Gaststätten in Rye, so zum Beispiel im Tearoom des *Hope Anchor*. Diese Glaskugeln reflektieren den bösen Blick einer Hexe, die von draußen durch das Fenster ihre Verwünschungen und Flüche ins Hausinnere senden will. Witchballs beschützen so das Haus und seine Bewohner. Sehr selten steht eine Witchball zum Verkauf, denn kein Wissender gibt sie gerne her. Man darf aber als Kaufinteressent nie nach einer Witchball fragen, denn dann verliert sie sofort ihre Zauberkraft. Man muss nach einer »spiegelnden Glaskugel« fragen. Hat man die Hexe schon im Haus, oder auch einen Elfen, einen Troll oder einen anderen Abkömmlinge der *Succubi* – der weiblichen »Teufelsliebhaber« – helfen nur bestimmte Kräuter. Da ist zum Beispiel das Johanniskraut oder das Eisenkraut, die man um das Bett herum aufhängt. Kräuterkundige sind in der Geister- und Hexenwelt immer im Vorteil. Salbeiblätter befähigen dazu, Geister sehen zu können. Einem jungen Mädchen, das in der Nacht vor Allerheiligen um Mitternacht in den Garten geht, dann zwölf Salbeiblätter pflückt und ruhig abwartet, materialisiert sich nach englischer Überlieferung die schemenhafte Gestalt ihres zukünftigen Ehemanns in der Dunkelheit.

Wenden wir uns von der Kreuzung am Mermaid Street Café nach Süden. Im vor uns liegenden *The Ship Inn* sind im ersten Stock von Zeit zu Zeit Schritte zu hören. Geht man die Treppe hinauf, kann man vielleicht eine Gestalt mit langen Haaren verschwinden sehen. Manche der Angestellten gehen nur zu zweit in den ersten Stock hinauf. Der Verstand weist in die eine Richtung, das Gefühl in die andere. Gegenüber an den *South Undercliff* steht ein kleines, altes Haus, indem es nach verbrennendem Tabak riecht. Wenn man die Hintertür in den Hof durchschreitet kann man ihn deutlich riechen, obwohl die Bewohner beide Nichtraucher sind. Auch kleine Rauchwölkchen materialisieren sich. Die Nachbarn berichten, dass sich ein Kapitän Breeds in dem Haus erschossen hat. Offenbar schmökt der Seemann heute als Geist lustig weiter. Auch im kleinen Laden gegenüber dem Mermaid Street Café sind schon so manches Mal Bilder von der Wand gefallen, ohne dass jemand sie berührt hat. Es scheint also mindestens ein weiterer *poltergeist* – das englische Wort für Poltergeist – den Bereich um das Heritage Centre als sein Revier zu betrachten. Poltergeister bewegen Dinge, ohne selbst in Erscheinung zu treten. Stühle rutschen durch das Zimmer. Teller, Tassen und Bestecke auf Tischen verändern ihre Lage oder sausen sogar zu Boden. An der Hausecke hinter dem Mermaid Street Café, wo es rechts in die *Traders Passage* abgeht, im sogenannten Eicheneck – *Oak Corner* – spukt es sehr ausdauernd. Man spürt dort eine hohe Präsenz. Mehrere Augenzeugen haben einen *Mann in Jakobiter-Bekleidung* im Gebäude gesehen. Jakobiter sind die englischen, schottischen und irischen Anhänger der im Exil lebenden Thronprätendenten aus dem Haus Stuart. Das Eicheneck bestand beim Bau aus einer Wohneinheit. Nun sind daraus drei Reihenhäuser geworden. In allen drei Reihenhäusern kam es unabhängig voneinander zu Erscheinungen. Das Gefühl, was einem im Gebäude beschleicht, ist aber nicht beklemmend, sondern angenehm.

Ein *Schwarzer Hund* an der weißen Mühle von Rye ist vermutlich ein *Bogey-Beast*. Mehrere Augenzeugen berichten von einem, im Nebel erscheinenden Geist in Form und Gestalt eines großen Hundes, etwa in der Größe eines Rottweilers. Die Betroffenen gingen ganz arglos in der Dämmerung am Tillingham von der A 259 kommend zum Gibbet-Marsh-Parkplatz an der B 2089 spazieren, als sie auf dem gegenüberliegenden nordöstlichen Ufer in den Wiesen einen dunklen Hund entdeckten, der ihnen auf gleicher Höhe mit schleichenden Schritten nach Art der Wölfe folgte. In dichtem Nebel vernimmt man nur das Kratzen von Krallen auf Stein oder Asphalt. Auch im Heritage Centre wurde der Hund – beziehungsweise seine glutroten, in der Dunkelheit leuchtenden Augen – schon gesehen. Das schwarze Tier verschwand, als das Licht im Verkaufsraum eingeschaltet wurde. Der Hund scheint eine ziemlich unangenehme Art von Geist zu sein. Man sagt ihm die Fähigkeit nach, Kinder zu stehlen und Menschen zu erschrecken. Es gibt als Passstück den *Bogey-Man*, der ungezogene Kinder holt. Dieser Hunde-Geist ist deswegen so unangenehm, weil er jeden angreift, der ihm nicht den notwendigen Respekt bezeugt. Man soll ihn sich –

so flüstert man sich zu – mit einer aufgeschlagenen Bibel vom Leib halten können, aber das ist nicht bestätigt. Man hält sich daher ab Einbruch der Dunkelheit besser von der Mühle fern. Ein älterer Einwohner von Rye berichtete, dass er dort vor zehn Jahren mit seinem Airedale-Terrier bei Dunkelheit spazieren ging. Der Hund vernahm ein offenbar hilfloses Winseln auf der anderen Seite des Wassers und durchschwamm trotz energischer Rufe seines Herren den Fluss in Richtung des Winselns. Zwei Tage später wurde das Tier mit herausgerissener Kehle tot in Rye Harbour vom Meer an den Strand geworfen. Also könnte noch viel vom Wolf in dem Geist stecken. Wölfe töten als erstes alle Hunde in ihrem Revier, da das Nahrungskonkurrenten für die Grauen sind. Der Geist des Schwarzen Hundes hat ein Gesicht, als ob er grinsen würde, wenn er seine Lefzen leicht hebt und die langen Fangzähne sichtbar werden. Sein Jaulen klingt wie ein Wehklagen. »Ich will meine Knochen zurück« scheint er sagen zu wollen. Früher war man der Meinung, dass es sich um einen der mächtigsten Geister von Rye handelt, weil er vermutlich dem Teufel als Gehilfe dient. Bogeys haben die Fähigkeit, jede Gestalt anzunehmen, die ihnen beliebt. Also kann es möglich sein, dass man den Hund auch einmal in einem anderen Geisterkörper vor sich hat. Eine Besucherin aus Great Yarmouth hatte letztes Jahr noch eine andere Deutung der Erscheinung. Es würde sich ihrer Ansicht nach um einen *Galleytrot* handeln, so wie man sie in *East Anglia* kennt. Diese Geister streichen mit bösen Raunen auf den Landstraßen in der Nähe von vergrabenen Schätzen und Friedhöfen herum. Galleytrots haben die Gestalt eines riesigen schwarzen Hundes mit einem Affenkopf. Die Dame hofft, nie einem Galleytrot zu begegnen, da er ein Todesomen sein soll. Der Geist des Schwarzen Hundes ist heute im Rathaus noch nicht gesehen worden. Das mag daran liegen, dass er sich unabhängig fühlt und das auch bleiben möchte.

Auf Bitten der Bewohner einzelner Häuser wird bei ein paar der nächsten Geister die genaue Ortsangabe oder der Hausnamen verschwiegen. Manche Ryer Einwohner haben Angst, dass man sich über sie lustig macht, wenn ihre Geistererzählungen bekannt werden. Im Bereich der *Watchbell Street* und des *Church Square* treiben mehrere Geister ihr Unwesen. Beide Straßenzüge zusammen sind ein Geister-*hot spot* von Rye. Die Geister beider Straßen bilden die Gruppe, die sich links am ersten Fenster der Town Hall versammelt hat, aus dem der Menschen-Bürgermeister vorhin die heißen Geldstücke für die Kinder auf der Straße geworfen hat. Da haben wir zunächst den *Mönch mit dem gelben Gesicht*, der im ehemaligen Pfandhaus herumgeistert. Mit Vorliebe kriecht er durch die Zwischenräume der Wände des alten Fachwerkshauses und starrt die Menschen dann aus der Putz heraus an. Wenn man ihn attackiert, zum Beispiel mit einem Schürhaken oder einem Spazierstock, verschwindet sein Gesicht wieder in der Wand. Der Mönch gehörte zum ehemaligen Kloster *The Friars of the Sack*. Dieses kleine Kloster befand sich in der Nachbarschaft des Pfandhauses. Seine Mauern sind bis heute gut erhalten und es ist privat bewohnt. Im schon lange verweltlichten Kloster gibt es im ersten Stock eine Tür, die immer offen steht. Man hat versucht, sie abzuschließen, sie zuzunageln, sie zu verschrauben, sie mit Möbeln zu blockieren.

Was immer man tut, es hat keinen Zweck. Die Tür ist am nächsten Morgen wieder geöffnet. Unter dem Treppenhaus des Pfandhauses fand man bei Bauarbeiten menschliche Knochen. Das war vermutlich ein Spunky, ein ungetauftes *Erdkind*, das bei Grundsteinlegung mit vergraben wurde. Wie beim ersten Grab auf einem Friedhof war diese alte, sächsische Sitte lange nicht auszurotten. Spunkies sind sehr traurige Wesen. Sie geistern an Land und auf See herum und suchen jemanden, der ihnen einen Namen gibt. Einmal im Jahr versammeln sich alle Spunkies in Schottland, um sich gegenseitig in ihrer Einsamkeit zu trösten. Sie können sich in kleine, weiße Nachtfalter verwandeln, um sich unbemerkt zwischen Menschen bewegen zu können. Als die ersten Gebäude der Bierbrauerstadt Einbeck gebaut wurden, musste auch ein Kind dran glauben. Man gab ihm etwas Zwieback mit ins Grab, worauf das bescheidene Kind sagte, es möchte nur »ein Bäck«. So kam die Stadt zu ihrem zweifelhaften Namen. Einige Bierbrauer verließen die Stadt im Norden Deutschlands bald Richtung Süden, weil sie unzufrieden mit Arbeitsbedingungen, Land und Leuten waren. Sie machten sich im heutigen Bayern selbständig, wo man bis dahin ausschließlich Wein als Muntermacher kannte, der an der Isar um München herum angebaut wurde. Als Verballhornung ihrer ehemaligen Wirkungsstätte nannten die ehemaligen Einbecker eins ihrer bayerischen Biere »Urbock«. Auch beim Deichbau an der Nordseeküste, im jetzigen Schleswig Holstein, im Ursprungsland des germanischen Stammes der Angeln, die nach einer Völkerwanderung ein Teil der Angelsachsen wurden, »musste was Lebendes mit rein«. Das war oft ein Hund, ein Pferd oder ein Hahn. Die Gebeine des Kindes aus dem Treppenhaus des ehemaligen Pfandhauses in Rye wurden ordentlich bestattet. Es ist auch möglich, dass es sich um ein ermordetes Ergebnis verbotener Liebe des gemischten Klosters handelt. Wer weiß. Der Geist des Erdkindes, der da inmitten der Gruppe von Schattenwesen gedankenverloren mit einigen Bronzenägeln spielt, fühlt sich jedenfalls eingesperrt, solange die bewusste Tür geschlossen ist. Des Weiteren steht da in der Gruppe der *Geigenkastenmann*, der im nächsten Haus in dieser Straße die Menschen erfreut. Der sehr freundliche Geist eines Musikanten, der in viktorianischer Bekleidung und mit einem Violinen-Kasten unter dem Arm durch Haus und Straße marschiert, wird manchmal begleitet vom *Geist einer Bezaubernden Dame*. Diese geht gerne auf dem alten Friedhof bei St. Mary spazieren. Sie ist an ihrer ausgefallenen Kleidung aus den dreißiger Jahren des letzten Jahrhunderts zu erkennen. Wenn man sie fragt, was sie hier auf dem Friedhof führe, antwortet sie, dass ihr Rye so gut gefalle und dass sie von Zeit zu Zeit hierher zurückkomme. Der *Geist der Nonne* in der Gruppe gehörte auch zum Kloster, denn die Friars of the Sack waren, wie gesagt, ein gemischter Orden. Das Viertel von Rye um das Friars-Kloster herum war insgesamt das Fischerviertel, in dem die Seeleute praktischerweise nahe ihrer Boote unten am Fluss wohnten. Hier verkauften sie ihre Ware, wenn diese nicht gleich vom Boot aus einen Abnehmer fand. Noch heute liegt in diesem Teils Ryes manchmal ein Fischgeruch in der Luft, obwohl dort oben seit vielen Jahrzehnten keine Fischer mehr wohnen. Einige Zimmer in Häusern dieser zwei Straßen sind nicht warm zu bekommen, egal wieviel man heizt. Der kleine *Geist des Jungen mit den verkrüppelten Füßen* dort in der Gruppe wohnt in einem der Gebäude. Menschenkinder in diesen Häusern mit den kalten Zimmern deuten den Eltern manchmal im Halbschlaf auf ihre Füße, wissen aber nicht, warum sie das tun. Der Geist des Jungen hat sie dann gerade im Schlafzimmer besucht um zu sehen, ob die Füße auch gut zugedeckt sind. Vielleicht rührt seine Verkrüppelung von abgefrorenen Füßen aus einem der bitterkalten Winter her, die alle paar Jahrzehnte auch Rye heimsuchen.

Wenn man von der *High Street* den *Conduit Hill* vorsichtig – wegen des rutschigen Kopfsteinpflasters – heruntergeht, sieht man rechter Hand die Reste eines für Rye großen Augustinerklosters, in dem sich heute unter anderem ein Antiquitätenladen befindet. Der Name Conduit Hill rührt von der Wasserleitung von Rye her. Dass feuchte Nass wurde von den *Waterworks* zum Reservoir hinter St. Mary zum höchsten Punkt von Rye gepumpt. Die Pumpen wurden durch Pferde in einem Geipel betrieben. Heute sind die Waterworks ein liebenswerter Micro-Pub mit leckeren Ales, Ciders, Scotch Eggs und einer besonderen Geschäftsidee. Jedes Stück der Einrichtung, Stühle, Sessel, Tische und Dekoration kann man kaufen und gleich mitnehmen. Man kann den Verlauf der unterirdischen Wasserleitung noch sehen, denn dort ist ein anderes Pflaster verlegt. Man erblickt keine holperigen Kopfsteine als Fußgelenkverstaucher, sondern flache Platten. Auf diesem flachen Pfad tasten sich die Damen mit High Heels sowie die Flipflop- und Sandalenträger den Conduit Hill bergauf oder bergrunter. Es ist immer witzig zu beobachten, wie

Höflichkeit und Angst um die Fußsehnen in den innerlichen Wettstreit miteinander treten, wenn sich derlei Talab- und Talaufwärts begegnen. Einheimische nennen das *pavement dance* – Pflastertanzen. Wer Rye in allen Einzelheiten erkunden will, zieht sich am besten festes Schuhwerk an. Die netten Schühchen, Slipper und Strandlatschen trägt man einfach in einem Beutel bei sich, falls man ins vornehme *George*, das *Mermaid* oder nach dem Stadtbummel an den Strand geht. Die ortskundigen Ryer Damen in Abendgarderobe sieht man gar nicht so selten im Kleinen Schwarzen von Chanel, Bergschuhen und einen Stoffbeutel in der Hand. Etwas die Straße abwärts unterhalb des Klosters befindet sich ein kleines Haus, in dem der *Geist vom Conduit Hill* spukt. Der inzwischen verstorbene Besitzer des Hauses war eines Abends in den *Union Inn*, das heute ein Steakhouse beherbergt, gegangen. Während seiner Abwesenheit brannten auf einmal alle Lichter in seinem Haus. Der Geist vom Conduit Hill pflegte neben Beleuchtungsaktionen außerdem noch regelmäßig durch die geschlossenen Türen der Wohnung zu gehen. Bewohner und Geist hatten sich gut aneinander gewöhnt, aber nach dem Tod des Besitzers stand das kleine Haus lange leer, weil niemand darin wohnen wollte. Auch heute Abend wieder spielt der Geist gedankenverloren an den Lichtschaltern im Rathaus herum. Er vermisst seinen ehemaligen menschlichen Mitbewohner sehr. Hinter dem ehemaligen Augustinerkloster liegt ein Garten. An den schließt sich ein Gästehaus an. Nach rechts vom Conduit Hill biegt die *Turkey Cock Lane* ab, ein schmaler Durchgang Richtung *Hilders Cliff*. Diese Gasse ist keine alte Straße, sondern der ehemalige Rundgang auf der Stadtmauer. Die tiefer gelegenen Gärten linker Hand sind entstanden, als man den Festungsgraben, der die Stadtmauer außen als zusätzliches Hindernis für Feinde umgab, mit Erde auffüllte. Der Geist in Mönchskutte und Tonsur neben dem Podium im Rathaussaal ist *Bruder Cantator,* einst ein Mönch des erwähnten Augustinerklosters von Rye mit herausragend schöner Bariton-Stimme und im 21. Jahrhundert, neben John Breads, einer der Geister-Stars von Rye.

Die verfügbaren Quellen datieren ihn auf das 14., 15. oder 16. Jahrhundert. Man könnte vermuten, dass seine Geschichte so oft, wieder und wieder erzählt wurde, dass sich Unklarheiten eingeschliffen haben. Eine Festlegung wäre hypothetischer Natur. Tendenziell scheinen die Angaben auf das 15. Jahrhundert hinzuweisen. Über die Kleidung des Cantator kommt man auch nicht weiter, da Mönchskutten gegenüber modischen Strömungen ziemlich resistent sind.

Bruder Cantator war vor einigen Hundert Jahren Chorleiter des Augustiner-Klosters in Rye. Seine Aufgabe war es, den gottesdienstbegleitenden Gesang sicherzustellen. Die Mönche dieses Klosters waren seit 1265 im Osten der Stadt untergebracht. Sie wohnten in der nicht mehr existenten *Ockman's Lane* am Ende der High Street. Im Verbund von einem Stadterneuerungsprogramm, dem Abriss einzelner Häuser für den Bau der Stadtmauer und dem Einsturz von Klippenteilen durch den erodierenden Einfluss der See musste diese Bleibe aufgegeben werden. So wurde die Kirche des Klosters mit Erweiterungsbauten als Wohnraum versehen. Was wir heute noch als ehemaliges Kloster erkennen können, war 1379 fertiggestellt. Wie es bei der, so wurde sie von Zeitzeugen beschrieben, »göttlichen« Stimme des Mönches nicht anders sein konnte, verliebte sich ein ausnehmend hübsches Mädchen namens *Amanda* – nomen est omen – aus der Nachbarschaft des Klosters in ihn. Sie wohnte dort, wo man heute das Gästehaus findet. Dieses *Dormy House* gekörte ihrem Vater, mit dem sie dort lebte. Amanda ist auch heute noch als Geist recht hübsch anzusehen mit ihren angenehmen, gleichmäßigen Gesichtszügen. Auch die Kleidung Amandas, die auf ihre Herkunft aus der Mittelschicht hinweist, scheint aus dem 15. Jahrhundert zu stammen. Der einfache Klerus wie der Cantator trug Wollkutten guter Qualität aus den Abgaben der Stadt. Unser Cantator erwiderte vor einigen hundert Jahren die Zuneigung des Mädchens und verliebte sich unsterblich in Amanda. Er versuchte eine Zeit lang tapfer, dieser Versuchung nicht nachzugeben. Aber es war trotzdem nur eine Frage der Zeit, bis beide *in flagranti* erwischt wurden. Vielleicht war auch eine gezielte Indiskretion daran schuld. Bruder Cantator und seine Liebste – es war nicht nur Begierde, sondern auch Agape – hatten bereits seit längerem vorsichtig Fluchtpläne geschmiedet und ihr Verschwinden nach Frankreich vorbereitet. Auch heute Nacht beim Geméting sieht man die beiden Geister Cantator und seine Amanda nur Hand in Hand. Diese Zuneigung hatte tragische Auswirkungen auf den weiteren Verlauf ihres weiteren, nunmehr recht kurzen Zusammenlebens. Nachdem beide erwischt worden waren, kam das Kloster schnell zu einem Urteil. Mönchsdasein und zu enger Damenbesuch ging schon damals nicht so richtig. Jedenfalls nicht, wenn es zu offensichtlich zu werden begann. Der Abt beschuldigte den Mönch, dem Ansehen der Augustiner und des Klosters nachhaltigen Schaden zugefügt und die strikten Regeln des Klosters gebrochen zu haben. Die abzuleistende Sühne wurde dem Bußkatalog entnommen, würde man heute sagen. Die damalige Zeit kennt andere Begräbnismöglichkeiten als das Grab. Cantator würde in seinem Zimmer – seiner Mönchszelle – lebendig eingemauert werden, um ungestört über seine Verfehlungen nachzudenken, zu beten und so Gelegenheit haben, seine Seele zu reinigen. Cantator flehte, bettelte, weinte und bat um sein Leben, aber man schenkte dem kein Gehör. Die im Umlauf befindlichen Geschichten über den weiteren Verlauf der Dinge variieren. Nur, dass die Liebenden sich als Geister bis heute materialisieren, ist unbestritten. Viele haben sie gesehen, manche Zeugen haben Schritte in der *Turkey Cock Lane* gehört. Andere Ohrenzeugen haben den Mönch trauern oder Liebeslieder singen gehört. Eine Version des weiteren Ablaufs ist, dass Cantator sofort nach der Verurteilung in seine Zelle gebracht, an die Wand gedrückt und eng eingemauert wurde. Er konnte nicht knien oder sich hinlegen. Seine Arme waren so eingemauert, dass er sie nicht bewegen konnte. Tagelang hörten die Mönche seine Schreie, sein Stöhnen und seine Bitten um Gnade. Gebete und Angstgefühle rasten in wirrem Durcheinander in Cantators Kopf hin und her. Dann vernahmen die Mönche sein Singen, er sprach mit sich selbst und dann ein merkwürdiges Geräusch wie ein heiseres Krächzen oder Krähen. Dann wurde es leiser und leiser. Zuletzt Ruhe und Frieden. Bruder Cantator war nach mehreren Tagen in psychischer Umnachtung ob seiner Leiden tot. Der Mensch hält es im Notfall drei Minuten ohne

Luft, drei Tage ohne Wasser, dreißig Tage ohne Nahrung und dreißig Monate ohne menschliche Gesellschaft aus. Cantator dürfte also vermutlich verdurstet sein. Man geht davon aus, dass die Zelle, in der Cantator starb, unter den Fundamenten der kleinen Kirche unterhalb des Klosters liegt, die 1894 erbaut wurde und jetzt das *Rye Community Centre* beherbergt. Andere Geisterexperten glauben dagegen, dass beide zusammen – Cantator und Amanda – lebendig in der Stadtumfassung eingemauert wurden. 1850 wurden bei Bauarbeiten zwei Skelette gefunden, die sich umarmten. Das spricht dafür, dass beide zusammen lebendig *walled* wurden. Die entdeckten Gebeine wurden christlich bestattet. Anders, als wohl beabsichtigt, hörte der Spuk mit der Bestattung nicht auf. Das Liebespaar geisterte weiter durch Rye. Das mag seinen Grund darin haben, weil beide sich noch zu Lebzeiten von der Kirche, von der sie so brutal bestraft worden waren, losgesagt hatten. Andere mutmaßen, dass – wie damals bei Adligen und Mönchen durchaus üblich – der Cantator zwar in einer Kleinstzelle ohne Fenster eingesperrt wurde. Aber es war ihm für den Rest seines Lebens verboten, mit der Umwelt in Kontakt zu treten. In der für immer verschlossenen Tür war ein kleines Loch, durch das Nahrung und Wasser geschoben wurde. Der ehemalige Sänger und Chorleiter soll durch die Einzelhaft erst nach und nach den Verstand verloren haben. Derart verwirrt soll er gewesen sein, dass er Geräusche von sich gab, die dem Kollern eines Truthahns ähnlich waren. So sagten jedenfalls Ohrenzeugen aus. Daher stammt auch der Name der *Truthahngasse*, so wird vermutet. Der Gassenname sollte die Einwohner von Rye und insbesondere die Mönche an die Pflicht zu einem keuschen Lebenswandel erinnern. Für den Cantator kamen diese Warnungen zu spät. Schon im Nibelungenlied steht:»Wie alle Lust am Ende – ja immer Leid nur hinterlässt.« Der heute noch bestehende Gassenname kann aber erst später entstanden sein. Truthähne gab es zu der Zeit des Cantator noch nicht in England. Sie wurden erst später aus Nordamerika mitgebracht. Was vermutlich mit der Beschreibung der Mönchslaute gemeint war, ist das nervige Gackern von Perlhühnern, die viele Ryer damals gegen die Ratten hielten. Das Geflügel vertreibt tatsächlich mit seiner extrem lauten und Nerv-tötenden Stimme die Nager. Manche Leute akzeptierten allerdings wegen dieser schrägen Musik der Vögel trotz latenter Pestgefahr lieber die Ratten. Die Truthahngasse hieß zu Mönchszeiten also vermutlich Perlhuhngasse, abgeleitet von Cantators letztem Gesang. Einige Zeugen gaben vor Jahren zu Protokoll, dass sie einen Geist in brauner Mönchskutte im Bereich des Gästehauses und des alten Gartens hinter dem Kloster gesichtet hatten. Erstaunlicherweise machte dieser Geist auf alle Zeugen keinen verrückten Eindruck, sondern bewegte sich zielgerichtet und gerade. Der Geist des Cantator hat also wohl alle menschlichen Leiden hinter sich gelassen. Manchmal wurde der Geist ohne seine Unterschenkel gesichtet, als er auf der Stadtmauer unterwegs war. Der Grund für diese optische Täuschung liegt darin, dass der Straßenbelag zu Zeiten des Mönches gut vierzig Zentimeter tiefer lag. Ab dem Knie abwärts wandert er also im Untergrund. Cantators Geist berührt späte Spaziergänger in der recht dunklen, nur von zwei altertümlichen Straßenlaternen am Anfang und am Ende der Gasse spärlich beleuchteten Turkey Cock Lane von hinten an der Schulter. Er spricht freundlich zu den Nachtbummlern und verschwindet dann in der Stadtmauer. Cantator frequentiert bezeugt auch die High Street. In mehreren Häusern in der Haupteinkaufstrasse schlugen plötzlich die Haustürklingeln an, obwohl niemand an den Türen stand. Amandas Geist wird in den Fenstern des Gästehauses erspäht. Sie ist – wie heute Abend auch – meist mit einer weißen Robe angetan. Ihr Gesicht ist weiß und sie starrt auf den Hof herunter, wo der Geist ihres Lovers gelegentlich für sie singt. Selten ist auch ein Stöhnen und Seufzen von Amanda und dem Cantator auf dem alten Garten hinter dem Kloster zu hören. Wenn man Amanda im Gästehaus sucht, hält ein weiterer Geist namens *Charlie* Türen mit Gewalt zu. Er lässt die Türen dann aber plötzlich los und verschwindet als Schattengestalt. Die Pendeltür zur Küche geht manchmal auf und bleibt offen. In anderen Nächten lässt sich die Schwingtür überhaupt nicht öffnen. Wer sich dagegen stemmt, hat das Gefühl, jemand würde hinter ihm fegen. Charlie – von den Hausbewohnern wegen fehlendem Ursprungsschein so getauft – hat eine positive Aura. Er ist teilweise ein Poltergeist, denn manchmal gefällt es ihm, die Gläser im Schankraum oder das Teegeschirr im Schrank des Speisezimmers zum Klappern zu bringen. Nach Überzeugung einiger Hausgäste handelt es sich bei Charlie um den Cantator, denn er erscheint nur, wenn sich neue Gäste im Haus befinden. Charlie suche dann das Haus ab auf der Suche nach seiner Liebsten. Das ist aber noch nicht eindeutig geklärt, und da Charlie heute Abend den Türöffner zum Saal macht, auch eher unwahrscheinlich. Die beiden Liebenden sind also noch von ein paar Geheimnissen umgeben. Sie seien ihnen gegönnt. Alte Liebe rostet nicht.

Der Geist aus dem Haus am Conduit Hill, Charlie, Bruder Cantator und Amanda sind in dem Stadtteil von Rye aber nicht alleine. Es wird von geisterhaften und verkleideten Gestalten berichtet, die vom Klostergarten kommend in der Stadtmauer verschwanden oder aus der Mauer heraus Richtung Kloster strebten. Das sind die *Geister von Mönchen*, die da unter dem Portrait von Lamb im Halbkreis zusammenstehen. Wer diese Mönchsgruppe als Mensch erblickt, wird auf der Stelle gebannt. Dazu hielt den Augenzeugen eine Hand derartig fest am Hals, dass ein Schreien unmöglich war. Kaum sind die Gestalten verschwunden, kann man sich wieder bewegen und hat seine Stimme wieder. Im Jahre 1762 wurden Grabungen für die Fundamente einer Stadtmauererneuerung durchgeführt, bei denen man diverse Skelette fand. 1939 oder 1940 wurde im Klosterbereich eine Grabung vorgenommen, um einen Luftschutzbunker zu bauen. Dabei stieß man auf sieben kniende Skelette in einem Massengrab. 1992 wurden weitere derartig ruhende Gebeine im Klosterinnenbereich gefunden. Es gibt keine Begründung für diese bußfertige Haltung. Aber es handelt sich wohl um zahlreiche Mönche, die bei der, durch Henry VIII. angeordneten Plünderung des Klosters einen außergewöhnlichen Tod starben. Sie wurden lebendig und kniend eingegraben. Diese Geistergruppe wurde von Zeugen auch als eine Schar von sieben Zwergen beschrieben. Das waren sicher nicht die von Schneewittchen. Sie bewegten sich im Gänsemarsch hintereinander. Dafür gibt es eine ganz einfache Erklärung.

Wegen der knienden Körperhaltung beim Einbuddeln und Versterben durch Ersticken scheinen die Geister der sieben Mönche natürlich etwas kurz geraten zu sein, insbesondere bei schlechten Lichtverhältnissen. Hier im Saal stehen sie alle aufrecht und freuen sich darüber, mal unbeobachtet die Beine lang machen zu können. Hinter ihnen, unter den Rosen von Lancaster und York an der Wand, steht der Stuhl des Bürgermeisters, kunstvoll verziert mit Schnitzereien. Zwei Hände baumeln lose über die Lehne, als ob ihr unsichtbarer Eigentümer auf dem Sitz kniet. Wer da sonst noch so im Saal geistert, bleibt im Dunkeln. Von irgendwoher weht ein Luftzug, so als ob jemand ein Fenster oder eine Tür geöffnet hat. Der Wind weht durch die Geister hindurch.

Die *Mermaid Street* soll die meistfotografierte Straße in England sein. Das mag angehen, denn es ist an Sommertagen manchmal schwer, sich als Ryer zwischen den Gästen durch die Straße bergauf oder bergab fort zu bewegen. Die Höflichkeit verbietet es außerdem, dass man einem Touristen, der gerade das Bild seines Lebens schießt, einfach vor die Linse latscht. Also muss man hellwach diese alte Straße nehmen, vorzugsweise bergauf. Hinuntergehen Richtung Strand ist nicht knieschonend und sehr rutschig. Auch in der Mermaid Street gibt es einen schmalen Bürgersteig mit flachen Platten. Wenn man sich schlank macht, können gerade so zwei Menschen aneinander vorbei gehen. Die Straße selbst ist mit unbehauenen, kleinen Kopfsteinen ausgelegt. Vorfahrtsregeln – wie auf Flüssen, wo die Bergabfahrt grundsätzlich Vorfahrt genießt – gibt es in der Mermaid Street für Fußgänger nicht. Ganz wenige PKW dürfen die steile Straße befahren.

Meist fahren dort Lieferanten oder Autoabhängige auf der vergeblichen Suche nach einem Parkplatz durch die Innenstadt. Vergeblich starren sie hinter den Windschutzscheiben wie gebannt auf ihre klugen Telefone. Wenn der Rolls Royce einer der früheren Bewohnerinnen hier hinaufschnaufte, mussten sich Fußgänger in die Hauseingänge drücken, so eng ist die Straße. Es gibt einen bedauerlichen Konflikt zwischen moderner Technik und Kopfsteinpflaster. Darunter leidet die Mermaid so wie alle anderen alten Straßen von Rye. Die starken Servolenkungen von PKW, mit deren Hilfe der Fahrer mühelos das Steuerrad dreht, weil er keine Kraft mehr zum Lenken aufwenden muss, reißen bei stehenden Autos, deren Vorderreifen geschwenkt werden, reihenweise die vor Jahrhunderten mühsam verlegten Steine aus dem Pflaster. Für Fußgänger entstehen so gefährliche Fußgelenkbrecher. Und das Stadtbild wird beschädigt. Gut, dass es einen Town Stewart in Rye gibt, der kleine Schäden repariert, bevor es große Schäden werden. Wenn man diese Kopfsteinpflasterstraße von unten, vom Mermaid Street Café aus her angeht, biegt gleich rechts am Eicheneck *Traders Passage* ab. Diese Gasse führt einen steil hoch zum *Hope Anchor*, einem gemütlichen, familiengeführten Restaurant und Hotel. Die Seeleute sollen hier vor manchmal jahrelangen Fahrten Hoffnung in Form mehrerer Abschieds-Pints geschöpft haben. Oder sie sind hier nach Wiederkehr von See als Dauergäste eingezogen – vor Anker gegangen. Hier oben ist ein Aussichtspunkt mit Bänken und der *Watchbell*, die der sich anschließenden Straße den Namen gab. Es handelt sich bei der Glocke um ein Replikat einer der 1377 von den Franzosen entführten

Glocken aus St. Mary. Gleich nach der Eröffnung des Hotels Hope Anchor im Jahre 1935 wurde mehrfach ein Seemann gesichtet, der von draußen durch die Fenster starrte. Schritte waren im Haus zu hören, Schatten und nebelartige Gestalten wurden gesichtet. Es erschien außerdem ein Mönch, der verzweifelt die Hände rang und auf Traders Passage und die gegenüber vom Hoteleingang bergrunter nach links abzweigende *Grüne Treppe* zeigte. Bei dem Bruder handelt es sich um einen *Mönch des Karmeliterordens*, der dort vorne gerade mit Amanda und ihrem Cantator im Gespräch vertieft ist. Die anderen Geister vom Hope Anchor sind dem verlassenen Quäker-Friedhof gegenüber des Hotels entstiegen, aber heute Nacht aus unerfindlichen Gründen nicht materialisiert. Und da hinten rechts im Saal sehen wir auch einen weiblichen Geist, der auf allen Vieren durch den Saal kriecht, hin und wieder schluchzt und mit den Fingernägeln auf dem Boden herumkratzt. Das ist der Geist der *Kammerzofe von Elisabeth I.*

Vom englischen Königshaus geht nach wie vor eine große Faszination aus. Die *Queen* oder der *King* waren und sind für Briten ein Staatssymbol, so wie für einen Amerikaner seine Flagge Stars-and-Stripes. Diese Flagge bedeutet für den US-Amerikaner seine Identifikation mit dem Staat. Fällt sie aus Versehen bei einer Flaggenparade zu Boden, wird sie traditionell als »verschmutzt« verbrannt. Die Briten verbrennen Gott sei Dank ihr Staatsoberhaupt nicht, wenn Elisabeth II. stolpern und zu Boden fallen sollte. Die britische Flagge kann man ziemlich unbemerkt richtig und falsch herum aufhängen. Auch manchem Briten ist das nicht präsent, wie man in dem einen oder anderen Vorgarten auf der Insel sehen kann. Der Union Jack ist eine Überlagerung der englischen Flagge (rotes Kreuz auf weißem Grund, das sogenannte Georgskreuz), der schottischen Flagge (weißes Andreaskreuz auf blauem Grund) und der nordirischen Flagge (rotes Andreaskreuz auf weißem Hintergrund, das sogenannte Patrickskreuz). Richtig herum ist links von oben am Flaggenmast der erste Streifen des weißen schottischen Andreaskreuzes breit. Falsch herum gehängt ist dieser Streifen schmal. Falsch herum gehisst bedeutete der Union Jack so viel wie »wir ergeben uns«, eine eher ungebräuchliche Phrase im überaus reichen englischen Wortschatz. Das Französische verfügt vergleichsweise nur über halb so viele Ausdrücke. Daher ist es wohl auch die Sprache der Diplomaten; alles nur Show. Die Reden von Charles de Gaulle basieren auf nur zweihundert verschiedenen Wörtern. Von Elisabeth I. hat vermutlich auch der eher Desinteressierte schon gehört. Die *Jungfräuliche Königin* wurde sie genannt, was angesichts zahlreicher Favoriten nicht ganz wörtlich zu nehmen ist. Auf jeden Fall hat sie nicht geheiratet. Sie wollte keinen Gemahl an ihrer Seite haben, der ihr die Welt erklärt und sich in ihre Regierungsgeschäfte von 1558 bis 1603 einmischt. Regieren war für eine Frau damals eine Tätigkeit, die heutzutage allergrößte Bewunderung verdient. Die Königinnen regierten in einem gesellschaftlichen Umfeld, das von Männern dominiert wurde. Frauen galten als zu schwach und zu emotional für das Amt. Wir sind Elisabeth in diesem Buch schon einmal begegnet. Die Dame, die auf dem im Jahre 1592 entstandenen Portrait von Marcus Gheeraerts dem Jüngeren fest mit beiden Füßen auf englischem Boden steht. Die Tochter von Heinrichs VIII.

und Anna Boleyns verstand sich als englisches Urgestein. Auf dem erwähnten Portrait sehen Sie die energische Dame in typischer Kleidung. Kostbarer Stoff mit zahlreichen Ornamenten und Blumen bestickt. Die halbrunden Schuhe lugen, obwohl eigentlich unmöglich, vorn unter dem Kleid hervor. Die Schuhe der Damen waren normalerweise unter den langen und ausladenden Röcken verborgen. Es wurde zur Zeit Elisabeths I. in der zweiten Hälfte des 16. Jahrhunderts Mode, seine Schuhe zu präsentieren. Königin Elisabeth war stolz auf ihre zierlichen Füße und trug öfters nur knöchellange Kleider, damit man diese gebührend bewundern konnte. Ihre Schuhe sehen heutigen Ballerinas oder Slippern ähnlich. Damenschuhe für drinnen waren im 16. und frühen 17. Jahrhundert mit edlen Obermaterialien wie Seide, Taft, Samt oder feinem Leder bezogen. Diese Materialien konnten wiederum mit Perlen, Steinen und Stickerei verziert sein. Verließ Elisabeth I. das Haus, zog sie hölzerne Überschuhe an, um das feine Schuhwerk vor dem Schmutz der Straßen zu schützen. Diese Überschuhe werden auch Kotschuhe genannt. Sie hatten dicke Sohlen aus Holz oder Kork. Die Höhe reichte je nach Mächtigkeit des zu erwartenden Straßendrecks von wenigen Zentimetern bis hin zu dicken Plateaus. Am Fuß befestigt wurden sie mit Schlaufen, Schnallen oder Bändern. Für die Fortbewegung zu Pferd trug Elisabeth I. Reit- und Jagdstiefel, die vollständig aus Leder gefertigt wurden. Auf dem besagten Bild trägt sie elegant Fächer und Handschuhe in den Händen. Die elisabethanische Handschuhmode ist außergewöhnlich und voller interessanter Hinweis auf das Leben damals. Neben den einfachen Handschuhen für den

Alltag gab es wertvolle Prunkhandschuhe, wie auf dem Portrait dargestellt. Das Vorderteil mit den Fingern wurde aus weichem Schafs- oder Ziegenleder gefertigt. Daran schloss sich ein trapezförmiger Bereich am Handgelenk an. Dieser ist unterhalb des Daumens offen und kann von feinen Bändern zusammengehalten werden. Der Handschuh ist reich bestickt, mit Süßwasserperlen und mit feinster Spitze verziert, manchmal sogar mit Edelsteinen. Die Stickereien sind von bester Qualität, gearbeitet mit farbigen Seiden-, Gold- und Silberfäden. Oft finden sich auf Portraits anderer Adliger Handschuh-Motive mit tieferer Bedeutung für die Menschen im 16. Jahrhundert. Elisabeth I. trug die Prunkhandschuhe nur zu besonderen Anlässen. Betrachtet man diese Handschuhe, fällt auf, dass sie unnötig lange Finger aufweisen. Die Königin demonstrierte damit, dass sie nicht körperlich arbeiten musste und so unpraktische Handschuhe mit überlangen Fingern tragen konnte. Ihre Handschuhe waren nicht waschbar. Die Möglichkeiten der Tudorzeit dazu beschränkten sich wie erwähnt auf Kernseife, die das feine Material angegriffen hätte. Also wurden Handschuhe parfümiert. Elisabeth I. war stolz auf ihre langen, schlanken Hände. Sie ließ sich oft mit den Handschuhen in statt an der Hand malen, um ihre Finger zur Schau zu stellen. Elisabeth I. trägt auf dem Portrait ein Korsett. Darüber sieht man den neu in Mode gekommenen Reifrock, der sich auf Taillenhöhe kreisförmig verbreitert und wie ein Zylinder zu den Füßen herabreicht, den *wheel farthingale*. Die Position der Füße, die sich wie erwähnt in Wirklichkeit weiter hinten im Mittelpunkt des runden Saums befinden müssten, ist der perspektivischen, zweidimensionalen Darstellung eines dreidimensionalen Objekts geschuldet. Der Rock über dem Reifrock musste jeden Tag neu von Kammerzofen mit Nadeln in Falten gesteckt werden. Er war eher eine Stoffbahn als ein genähter Rock. Elisabeths Ärmel waren ausgestopft und liefen zum Handgelenk eng zu. Es handelt sich um *cannon sleeves* – Kanonenärmel. Man nannte sie auch *leg-o-mutton sleeves*, Hammelbeinärmel. Die Mode zur Zeit Elisabeths war voller Symbolik und reicher Ornamente. Als Königin stand ihr standesgemäß jede noch so wertvolle Dekoration in Sachen Material, Stickerei und Schmuck offen. Man kann auf Portraits Stiefmütterchen entdecken, eine Lieblingsblume der Tudor-Königin, die auch gleichzeitig für Nachdenken beziehungsweise Gedanken stand. Weitere Motive, die sich oft in elisabethanischer Kleidung finden, sind zwei sich haltende Hände – Freundschaft – und ein glühendes Herz: Liebe. Elisabeths Seidenüberkleider waren oft mit Perlen verziert. Derer bediente sie sich gerne aufgrund ihrer Symbolwirkung, denn Perlen standen für Reinheit, Jungfräulichkeit und Gottesfurcht. Genauso wollte Elisabeth vom Volk gesehen werden. Der Mühlsteinkragen oder die elisabethanische Halskrause verlaufen auf dem Portrait in einem Kreis um ihren Kopf. Beliebt waren im späteren 16. Jahrhundert auch halbkreisförmige Krausen, die nur das Rückenteil des Halsausschnitts entlangliefen. Königin Elisabeth I. ließ sich mehrfach mit diesen herzförmigen, flügelartigen Krägen portraitieren. Alle Halskrausen und Krägen dieser Art mussten von stützenden Aufbauten aus Draht gehalten werden. Die viele Stärke, die für die kunstvoll gerafften Krägen nötig war, wurde aus Getreide gewonnen. Nahrungsmittel für Mode zu verschwenden, während große Teile der Bevölkerung Elend litten, zog viel Kritik auf sich. Aber das scherte die Herrschenden damals wie heute nicht: Mais wird 2019 in Biogasanlagen zur Treibstoffherstellung verschwendet. Hauptsache, die Karre rollt.

Zu Zeiten ihres Vaters, Heinrichs VIII., trugen Frauen noch keine Halskrausen oder Spitzenkrägen, sondern weit ausgeschnittene Kleider. Die Mode änderte sich damals so gerne wie heute. Über ihre Lebenszeit häufte Elisabeth I. eine stolze Sammlung von Kleidungsstücken an. Als sie starb, war sie im Besitz von sage und schreibe 6000 Kleidern und 80 Perücken. Dem Betrachter des beschriebenen Portraits fällt eine knielange, vierreihige Perlenkette auf. Elisabeth I. war von Perlenschmuck fast noch mehr angetan als von Gold und Edelsteinen. Sie sammelte Perlenschmuck in allen Varianten, von Ohrringen über Broschen bis zu kurzen Halsbändern oder taillenlangen Ketten. Auf fast allen Portraitbildern, die wir von ihr haben, trägt sie Perlenschmuck oder ihre Kleidung ist mit Perlen reich verziert. Im 15. und 16. Jahrhundert kamen Perlen von Salzwasseraustern aus Indien oder aus dem arabischen Raum. Zuchtperlen gab es noch nicht. Das Tauchen nach den Austern war kräftezehrend und gefährlich. Das machte sie teuer und folglich begehrt. Edelsteine und Halbedelsteine verschmähte die Königin aber trotzdem nicht. Diese Steine waren sehr beliebt für alle Arten von Schmuckstücken. Die Menschen schrieben den Steinen Kräfte und Bedeutungen zu. Saphire sollten vor Gift schützen. Smaragdgrün in der Farbe des frischen Grüns im Frühling verkündete eine neue Liebe. Elisabeth I. besaß unter anderen eine besonders wertvolle Kette mit schwarzen Perlen. Diese Kette gehörte vorher ihrer Halbschwester und Vorgängerin im Amt, *Maria I.*, die von 1553 bis 1558 regierende Königin von England, Irland und Calais war. Maria I. war die Tochter Heinrichs VIII. aus seiner ersten Ehe mit Katharina von Aragon. Maria I. wurde später etwas abwertend die »Katholische« oder auch die »Blutige« genannt. Sie initiierte in England eine katholische Reaktion zur Eindämmung des Protestantismus. Während ihrer Regierungszeit wurden viele Protestanten, die ihrem Glauben treu blieben, in Massenverbrennungen auf den Scheiterhaufen gestellt und verbrannt.

Im Jahre 1573 besuchte Elisabeth I. Rye. Sie wollte sich von den Schutzmaßnahmen gegen Invasionen aus Frankreich persönlich ein Bild machen. Elisabeth I. blieb ein paar Tage, war im Alten Zollhaus mit dem schrägen Schornstein gegenüber vom Lamb Haus gut untergebracht und speiste im Mermaid Inn, das damals praktischerweise dem Bürgermeister gehörte. Rye war gepflastert, so dass man in den Straßen keine Kotschuhe brauchte. Es war in der Stadt üblich, Unterschuhe zu tragen. Diese hatten eine Holzsohle und einen Bügel aus Leder, in welchen man mit seinen Hausschuhen hineinschlüpfte. Sie dienten dem Schutz der eigentlichen Schuhe vor Feuchtigkeit und Staub. Vor allem aber schützten sie die weiche Sohle der wendegenähten Schuhe vor Abnutzung am Straßenpflaster. Bei ihrem Rundgang auf den Stadtbefestigungen ging die Königin auch durch die Traders Passage und stolperte wegen der Überschuhe und des abschüssigen Pflasters leicht. Durch eine ungeschickte Bewegung zerriss die ihr zu Hilfe zugreifende Kammerzofe die schwarze Perlenkette um Elisabeths Hals. Da nicht alle Perlen mit Einzelknoten befestigt waren, rollten die kleinen Kugeln, mit denen sich die Auster vor einem eingedrungenen Sandkorn schützt, munter den schmalen, abschüssigen Weg herunter. Auch Teilstücke mit mehreren schwarzen Perlen lagen am Boden herum. Die Königin war durch die sie umgebenden Männer, Piraten wie Sir Francis Drake und andere Freibeuter ausgezeichnet bewandert in der Kunst des Fluchens. Ihre arme Kammerzofe bekam den größten Teil des Segens ab. Die hatte es doch nur gut gemeint. Die Königin versprach furchtbare Bestrafung, wenn nicht alle Perlen vollständig wieder zusammengesammelt werden würden. Die arme Zofe machte sich an die wenig aussichtsreiche Arbeit, denn der königliche Schmuck und seine Pflege gehörten ihren Obliegenheiten. Es kam, wie es kommen musste. Es fehlten mehrere schwarze Perlen, auch nach langer Suche. Die Königin war außer sich vor Wut und stampfte weiter auf ihrer Inspektion von Rye. Und so kommt es, das man zu unterschiedlichsten Tages- und Nachtzeiten auf der Traders Passage eine Frau in altertümlicher, edler Kleidung auf allen Vieren herumkriechen sieht, die dort verzweifelt schluchzend mit den Fingern auf dem Boden herumkratzt. Das ist der Geist der *Kammerzofe von Elisabeths I.*, der immer noch die fehlenden schwarzen Perlen sucht.

The Battle-of-Britain, die Luftschlacht von Großbritannien, war aus der Umgebung von Rye gut zu beobachten. Die Haushälterin von *Vita Sackville-West* fragte einmal ihre Herrschaft, ob sie den Tee im Garten von *Sissinghurst Castle* servieren solle, da man »von dort aus einen ausgezeichneten Blick auf die Luftkämpfe habe«. Vita war mit Sir Harold Nicholson verheiratet. Ihr Mann sah oft den *Geist eines Pfarrers*, der sich am Duft der Blumen im Garten erfreute und der in Sissinghurst zum Inventar gehört. Der Geistliche war das Opfer von Bloddy Baker. Sir John Baker hatte das Schloss erbaut und wurde beschuldigt, zurzeit Königin Marias I. mehrere hundert Protestanten im Schlossgarten gefoltert und getötet zu haben. Während dieser Luftkämpfe 1940 fielen, wie bereits berichtet, einige Bomben auf Rye. Eine der Bomben sprengte ein großes Loch in die Traders Passage, unterhalb der Grünen Treppe. Da der Weg gebraucht wurde, machte man sich sogleich an die Aufräumarbeiten. Erdreich und Steine waren bei der Explosion den Abhang und die Gasse hinunter bis zum Strand House gerollt, wo damals schon die Witchballs im Schaufenster hingen. Zwei Arbeiter räumten den Schutt beiseite, um die Straße frei zu räumen. Einer der Arbeiter fand dabei ein paar kleine, schwarze Kugeln im Erdreich, die er für Teile einer Glasperlenkette hielt. Daheim gab er diese seiner Tochter als Spielzeug. Das Kind freute sich sehr über die kleinen Kettenteile. Eines Tages kam ein Fremder nach Rye und sah die Kette. Er fragte das Kind, woher denn die Kette stamme. Das Kind brachte den Fremden zu ihrem Vater, der dem Mann die Umstände schilderte, unter denen er die kleine Kette gefunden hatte. Der Gast erzählte dem Vater darauf die eben berichtete Geschichte Elisabeth I. und bat, die vermeintlichen Glasperlen untersuchen zu dürfen. Es stellte sich heraus, dass es keine Glasperlen, sondern echte, sehr wertvolle schwarze Perlen waren, die »einer sehr einflussreichen englischen Familie« gehört hatten. Der Fremde entpuppte sich als Juwelier aus London und zertifizierte die elisabethanischen Perlen, die dann verkauft wurden. Bei den Aufräumarbeiten nach dem Bombeneinschlag wurden auch einige alte, menschliche Knochen gefunden. Der händeringende Mönch vom Hope Anchor dürfte auf diese hingewiesen haben. Die menschlichen Gebeine wurden auf dem Friedhof bestattet. Seitdem ward der Karmelitergeist nicht mehr in der menschlichen Öffentlichkeit gesehen. Die liebe Seele hat Ruh'. Der Geist ist in Pension gegangen.

Über das *Mermaid Inn* in der gleichnamigen Straße haben wir im Verlauf unseres Spaziergangs durch Rye und seine Geschichte schon viel gehört. Es wird in Anbetracht der abwechslungsreichen Geschichte des Hauses niemanden sehr verwundern, dass hier einige Geister hausen. Das Bauwerk hat Ursprünge, Keller und Fundamente aus dem 12. Jahrhundert. Etwa ab 1420 wurde das Gebäude, nach seiner Zerstörung durch die Franzosen, wieder aufgebaut. Ende des 15. Jahrhunderts, im Postkutschenzeitalter, erhielt es in Etwa sein heutiges Aussehen. Aus der Zeit stammen auch die ehemaligen Stallungen im Hinterhof. Das Mermaid war damals eine Postkutschenstation. Es ist heute ein Hotel mit Restaurant. Die Geister im Haus werden daher sowohl von professionellen Geisterjägern mit und ohne Filmteams als auch von durchreisenden Gästen und den Hausangestellten bestätigt. Wenn man vom Haupteingang her das Haus betritt, erblickt man links eine beeindruckende Galerie von illustren Persönlichkeiten, die im Haus gastierten. Blaublütige, Geadelte, Schauspieler, Schriftsteller, Künstler kamen zum Stelldichein nach Rye und gastierten im Mermaid. Geht man weiter geradeaus landet man nach ein paar Stufen hinab im

Giant-Fire-Room, der Bar. In dieser Bar befindet sich rechts ein Kamin, in den ein Kleinwagen bequem hineinpasst; dazu ein Tresen, ein paar Tischchen, Stühle und Sessel. Man glaubt, man ist in Tokyo, Köln, Paris, Moskau oder Madrid; alle sprechen dieselbe Sprache beim Bestellen eines Guinness mit ihrem eigenen Akzent; alle sind stolz auf ihr Englisch, haben den Sonnenschein im Herzen und das macht alle reich. Trotz Hinweisschild *Mind your Head* über dem Türsturz knallen regelmäßig Franzosen, Japaner, Schweizer, Österreicher, Chinesen, Schweden, Deutsche, Spanier, Norweger, Belgier, Amerikaner und andere Fremdsprachler mit der Stirn gegen den Türrahmen, wenn sie Richtung Mint nach hinten hinaus die Bar verlassen. Man hat neben dem im Winter knisternden Feuer ein kostenloses Unterhaltungsprogramm. Pech, das man bei anderen sieht, wirkt meist erheiternd aufs Gemüt. Man kann in der Bar vortrefflich sitzen, eine Erfrischung zu sich nehmen und in die Flammen schauen. Schon Elisabeth I. hat in dieser Bar gesessen und den Rotwein oder das Bier gekostet. Links oben in der Kaminwand entdeckt man ein sogenanntes Priesterloch. Davor ist ein kleines Türchen, hinter dem sich verfolgte Priester, Schmuggler oder andere Banditen vor ihren Verfolgern verstecken konnten. Es gibt zahlreiche Filmdokumentationen und Berichte über die Geister im Haus. Nur ein paar der Geister davon sind heute Abend in der Town Hall, sozusagen das Mermaid repräsentierend. Daheim ist nämlich volles Haus und andere Pflichten bedürfen der Aufmerksamkeit der nicht anwesenden Schattenwesen aus der Mermaid Street. Die beiden Edelknaben da hinten am Fenster gehören zum festen Personal des Hauses und haben sich heute Abend für das Geméting der Geister von Rye frei gehalten. Beide sind bekleidet mit einer strumpfhosenähnlichen Hose. Diese hat eine ausgeprägte Schamkapsel, gegen die die katholische Kirche immer massiv und erfolglos Widerstand geleistet hat. Sie tragen weiche Lederschuhe, weiten Hemden mit offenem Kragen und an der Seite ein Florett, das an einer Schärpe um die Schulter hängt. Die Herren lebten der Bekleidung nach in der zweiten Hälfte des 16. Jahrhunderts. In den vierziger Jahren des letzten Jahrhunderts wurden Hausgäste in ihrem Zimmer auf die Fechter aufmerksam, die seither jeweils am 29. Oktober eines Jahres ihr Spiel treiben. Im Elisabeth-Zimmer des Hotels fochten die beiden Geister als *Duellanten* gegeneinander auf Leben und Tod. Einer der Geister bekam einem tödlichen Stich ins Herz und sein Widersacher schleppte den Toten zu einer Falltür im Zimmer. Dort warf der Überlebende den Toten einen geheimen Gang hinunter, der in der Bar endet. Heute stehen beide wieder freundlich vereint zusammen. Vielleicht wollten sie beim Duell um 1930 nur zum Lokalkolorit beitragen. Wer weiß.

Die Hawkhurst Bande hatte sicher nicht umsonst im Mermaid Inn eins ihrer drei Hauptquartiere aufgeschlagen. Das Haus ähnelt einem Schweizer Käse, so viele geheime Gänge und Schlupflöcher verbergen sich hinter Mauern, Treppen, Türen und Fluren. Einer der heimlichen Gänge endet im erwähnten Priesterloch in der Bar. Dort wackelt manchmal das Regal mit den Gläsern und Flaschen hinter dem Tresen, obwohl niemand in seiner Nähe steht. Das Barpersonal ist nervenstark. Im Hawkhurst-Zimmer des Hotelbereichs sitzt des

Nachts gelegentlich ein Geist in altertümlicher Kleidung auf dem Bett des Gastes und starrt diesen an. Der Stehkragen seines Rocks ist hoch und hat ein breites Revers. Seine Weste ist zweireihig geknöpft und mit floralen Stickereien in Plattstich aus Seiden-Filament gefertigt, die an den Vorderkanten von Rock und Weste entlanglaufen und die Taschenklappen umrahmen. Der Mann, der hinter diesem Geist steckt, lebte also um 1770. Es handelt sich um den *Geist eines reichen Schmugglers*, der in diesem Raum durch Meuchelmord zu Tode kam. Er steht da gerade mit Breads und unterhält sich, soweit das möglich ist. Zum Hawkhurst-Zimmer gehört ein Nebenzimmer. Schon oft haben genervte Gäste ihre Matratze genommen und sind dahin umgezogen, um der unheimlichen Erscheinung auf ihrer Bettkante zu entgehen. Eine *Dame in Weiß* aus derselben Epoche sorgt für weitere Unterhaltung im Haus. Die Farbe Weiß lässt eine Herkunft aus dem unteren Stand vermuten, da Färben von Stoffen teuer war. Aber bei Geistern steht es auch für Unschuld. Die Weiße Dame wandelt bevorzugt zwischen Nussknacker-Zimmer und Zimmer 1 im Mermaid hin und her. Sie hält am Fußende von belegten Gästebetten kurz an und setzt dann ihren Spaziergang fort. Wenn Gäste ihre Bekleidung zum Lüften auf den Stuhl im Zimmer hängen, ist diese am nächsten Morgen klitschnass, obwohl keine Wasserleitung oder Fenster in der Nähe des Stuhls sind. Die Weiße Dame war einst die Geliebte eines der Schmuggler. Sie hatte aber den Mund nicht halten können über die Unternehmungen ihres Lovers und wurde daher umgebracht. Es gibt Gerüchte, dass sie schwanger war, aber das verneint sie – vorsichtig nachgefragt ob der Indiskretion und dem Schutz ihrer Privatsphäre – auch heute Abend beim Geméting erneut. Ein Bankmanager-Ehepaar aus London hat es vor ein paar Jahren vorgezogen, die Nacht unten an der Rezeption des Hotels zu verbringen. Ein Geist war aus dem Badezimmer kommend durch die Wand zu ihrem Schlafraum Zimmer 10 gegangen und sich auch auf seinem weiteren Weg durch die Fachwerkwände nicht aufhalten lassen. Die Gäste im Zimmer 10 hatten zwar kurz die Augen geschlossen und sich einzureden versucht, dass sie nur abgespannt seien. Aber als sie ihre Augen öffneten, war der Geist immer noch da.

Diese *Allerheiligen-Dame* geistert am liebsten Ende Oktober herum. Deswegen ist sie heute im Mai auch ein wenig kurzsilbig. Es ist einfach nicht ihre Jahreszeit. Am 31. Oktober jeden Jahres kehren alle erdgebundenen Geister von den Wanderungen, die sie übers Jahr machten an ihre Ursprungsorte zurück. Die Hexen fliegen an diesem Tag dagegen aus. Der 31. Oktober war in heidnischen Zeiten der letzte Tag des Jahres. An diesem Tag ist die Abgrenzung dieser Welt mit der Welt der Geister höchst brüchig. Die Kirche übernahm den Tag als *Allerheiligen*, um ihn seiner ursprünglichen Bedeutung zu berauben. Im Mermaid nimmt die Allerheiligen-Dame im Oktober gern im Schaukelstuhl des Zimmers 17 Platz und entspannt sich dort. Man kann sehen, dass sich das Kissen im Stuhl zusammendrückt, wie durch eine erwachsene Person. Dann gerät der Stuhl in Schwingungen, vor und zurück. Der meist unsichtbare Geist scheint nicht viel vom Fernsehen zu halten, denn gelegentlich steht das TV im Zimmer morgens, wenn die Gäste erwachen, auf dem Fußboden unter dem Tisch. Manchmal setzt der Geist sich unsichtbar auf die Bettkante eines Gastes. Es sind Kratzgeräusche wie von Fingernägeln in den Zimmerwänden zu hören. Im Raum 17 kann es plötzlich sehr kalt werden. Die Dame geht manchmal über einen bestimmten Flur, aber im Vorbeigehen mit »Guten Morgen« angesprochen, reagiert sie nicht. Wenn man sich dann nach ihr umblickt, ist der Flur menschenleer, obwohl es in diesem Gang keine Tür gibt. Sie trägt einen teuren, edelsteinbesetzten Gürtel. An diesem hängt ein mit Duftstoffen gefüllter, durchbrochen gearbeiteter Behälter, ein Pomander. Das war im 16. Jahrhundert ein beliebtes und gleichzeitig praktisches Schmuckstück gehobener Damen. Sie hat Elisabeth I. bei deren Besuch in Rye persönlich kennengelernt, als diese hier im Haus ihren Lunch nahm.

Der bekannte Londoner *Ghost Club* war in letzter Zeit mehrmals in Rye, um mit allerlei technischen Geräten auf die Spur des *Geistes eines Mädchens* zu kommen, das sich gerade bei der Allerheiligendame da vorne im Rathaussaal eingehakt hat. Die Anfänge des Ghost Clubs liegen in Cambridge im Jahr 1855, als Fellows des Trinity Colleges begannen, sich für Geister und Parapsychologie zu interessieren. Der Club erforschte vor Ort spiritistische Phänomene. Offiziell 1862 in London gegründet, zählten zu seinen frühesten Mitgliedern neben Charles Dickens auch Akademiker und Geistliche der University of Cambridge, der Physiker Sir William Crookes, der Physiker Sir Oliver Lodge, der Psychologe und ehemalige Mitarbeiter von Sigmund Freud Nandor Fodor und Sir Arthur Conan Doyle, der Erfinder von Sherlock Holmes sowie der *Hammerproduction*-Hexenjäger-, Dracula- und Holmes-Darsteller Peter Cushing. Auch Normalsterbliche haben als Gast im Club Zutritt oder können in London Mitglied werden. Dresscode, Aufnahmevoraussetzungen und Weiteres können Interessierte auf der Website des Clubs finden. Die Clubtreffen finden monatlich im Londoner *Victory Services Club* in der Nähe des *Marble Arch* statt. Das erwähnte 15 – 16 Jahre alte Mädchen bei der Allerheiligendame fällt durch seine langen, goldblonden Haare und sein langes, rotes Kleid auf. Es ist in der *East Street* von Rye im *Union* – früher Inn, heute ein Restaurant – aus dem 15. Jahrhundert zu Hause. Ihr Geist ist deswegen außergewöhnlich, da sie so unglaublich realistisch daherkommt. Im Union denken die Menschen immer, sie hätten einen Menschen vor sich und treten aus Höflichkeit sogar beiseite, wenn der Geist des Mädchens an ihnen vorbei in die Küche geht und dort verschwindet. Erst nach dem Verschwinden bemerken die Augenzeugen etwas von der übernatürlichen Art der Erscheinung. Die Küchentür schlägt gelegentlich ohne Windbewegung im Haus auf und mit lautem Knall wieder zu. Im Restaurant ist ein Glasbaustein, der angeblich menschliche Knochen beinhalten soll, was nicht allen Gästen gut gefiel. Es gibt Fernsehberichte über das Union und über das Mermaid. Beide Häuser gehören zu den *Most Genuinely Haunted Pubs* im Lande.

In der Nachbarschaft des Mermaid gibt es ein weiteres altes Haus mit großem Kellergewölbe. Es darf auf Wunsch der Besitzer nicht verraten werden, welches Haus das ist. Der Wiederverkaufswert könnte empfindlich sinken. Hier unten im Keller wurde von Schmugglern eine ganze *sechsköpfige Bootsbesatzung* kaltblütig ermordet und die armen Burschen so in Geister verwandelt. Die Schmuggler wollten mit dem Mord

Mitwisser ihrer Taten nachhaltig mundtot machen. Geisterjäger haben mehrere Anwesenheiten im Keller gespürt, die
ihnen zu folgen schienen. Es ist sehr dunkel da unten in der
Erde. Wenn man stille in dem beschriebenen, verwunsche-
nen Haus sitzt, kann man sich mit allerlei merkwürdigen
Geräuschen aus dem Kellerbereich vertraut machen, die der
intimste Ausdruck der Persönlichkeit dieses Hauses sind.
Hier, in einem niedrigen Kellerraum, erschien Geisterjägern
plötzlich ein Schatten an der Wand. Das war der *Geist des
Kapitäns*, der genau dort als letzter der Besatzung umgebracht
wurde. Der Kapitän bewegte sich durch den ganzen Keller,
auf der Suche nach den Spionen, durch die er und seine Mannen verraten wurden. Er trägt einen roten Bart und schaut
wütend wie ein Tiefseefisch mit glühenden Laternenaugen.
Die Crew hat sich heute im Rathaus komplett versammelt
und ist offenbar guter Dinge. Das ist kein Wunder, denn der
der Tatort im Keller ist recht feucht und mehr Gefängnis als
Geisterwohnung.

Mr Jeakes war unter anderem Town Clerk von Rye. Das
nach ihm benannte Haus steht etwa im ersten Drittel die Mermaid Street hinauf auf der rechten Straßenseite. Der schon
etwas in die Jahre gekommene Mann war, wie alle seine Vorfahren und Nachkommen sehr umtriebig. Viele Jeakes' be-
schäftigten sich in Rye mit Naturwissenschaften, Alchemie,
Astrologie, Theologie, Literatur, Medizin, Forschungen und
Erfindungen. Zwei wichtige Bücher über das spätmittelalterliche, Tudor- und Stuart-Rye stammen aus ihrer Feder. Mit
einem selbstgebastelten Fluggerät startete ein Jeakes sogar eines Tages leider erfolglos von der Stadtmauer. Die Trümmer

des Flugkörpers lagern auf dem Dachboden einer Schule. Das *Jeakes Haus* hat eine abwechslungsreiche Geschichte. Die Baptisten nutzen es als Versammlungsraum. Neben den Baptisten gab es eine Quäkergemeinde in Rye, die sich im Jeakes versammelte. Ihr kleiner Friedhof liegt bergan hinter Jeakes Haus gegenüber von Hope Anchor. Mancher Geist, der dort oben auf dem Hügel für Unruhe sorgt, entsteigt wie erwähnt einem der Quäkergräber. Im Jeakes Haus wohnt eine Geisterfrau, der *Geist vom Jeakes Haus*, von der man nur den Oberkörper zu sehen bekommt. Das liegt wohl daran, dass sie meist an Fenstern zur Straße hin gesehen wurde. Diese Fenster wurden im Zuge eines Umbaus erweitert, indem die Fenstersimse nach unten wanderten. Bei ihrer Materialisierung geht die Geisterdame aber von der alten Fenstergröße aus, was zu dem Phänomen eines fehlenden Chassis führt. Sie unterhält sich gerade draußen auf dem Fenstersims mit dem derzeitigen Ealdor, dessen Amtszeit heute endet. Ihre Geister-Kleidung ist ein Hinweis darauf, dass sie vielleicht aus der Romanik stammt. Die Kleidung der Zeit von etwa 800 bis etwa 1200 war noch sehr von der byzantinischen Mode, die ursprünglich aus der römischen Tracht entstand, beeinflusst. Vielleicht ist sie der Nachkomme eines römischen Legaten aus Rye. Sie trägt ein leinenes, fußlanges Untergewand mit langen Ärmeln. Darüber ein knöchellanges, körperbetontes, über der Taille geschnürtes Obergewand mit weiten, spitz endenden Ärmeln. Zusätzlich trägt sie einen Mantel, der über der Brust geschlossen werden kann. Als unverheiratete Frau trägt sie das Haar offen. Ihre glatten Haare hat sie sich blondiert. Sie trägt eine Fibel und eine Kette sowie Ohr- und

Fingerringe. Die vielleicht um sie werbenden Männer aus Rye trugen in der romanischen Zeit vergleichsweise noch recht einfache Kleidung. Ein Unterhemd und eine Art Unterhose aus Leinen stellte die Leibwäsche dar. Darüber wurde ein langärmeliger Kittel getragen. Dieser wollene Überwurf reichte bis über die Knie und wurde gegürtet. Um die Schultern legten die Männer sich einen Rechteckmantel aus Wolle, der auf der rechten Seite durch eine Spange gehalten wurde. Als Kopfbedeckung wurden Filzhüte getragen. Die Füße und Beine wurden mit Binden umwickelt. Die Schuhe bestanden aus Leder und wurden wendegenäht hergestellt. Es überwiegen in dieser Zeit kürzere Haarschnitte. Als Schmuck trug der Mann Mantelspangen und Armreife sowie Gürtel und Schnallen überwiegend aus Buntmetall wie Bronze. Höhere Stände nutzten auch Silber und Gold. Einzelbeobachtungen beschreiben die Dame in einer Kleidung aus einer späteren Epoche. Das ist sehr merkwürdig. Wegen des halben Körpers ist die Dame unverwechselbar. Allerdings waren Maskenbälle zu Zeiten Elisabeths I. ein beliebtes Freizeitvergnügen. Vielleicht liegt da des Rätsels Lösung. Ein paar Wochen nach Jeakes Tod wurde ein Fensterreiniger beauftragt, die Fenster des Hauses gründlich zu reinigen. Fensterputzer sind in Rye heute noch gesuchte Leute. Die Fenster der alten Gebäude mit ihren Butzenscheiben sind ja mit Masse nicht zu klappen oder überhaupt zu öffnen. Sie müssen von draußen unter Zuhilfenahme einer Leiter oder eines Gerüsts sowie eines schwindelfreien Handwerkers geputzt werden. Besagter Fensterputzer machte sich auch an die Arbeit. Ein paar Tage später klopfte er an und verlangte seinen Arbeitslohn für das

Putzen aller Fenster, »bis auf das eine, im ersten Stock, wo der *alte Mann im Zimmer* schlief«. Das Sterbezimmer von Jeakes, von dem der Fensterputzer sprach, war aber seit dem Tod des Besitzers nicht wieder bewohnt worden. Der Raum stand seit Wochen leer. Wie jedes Jahr ist der alte, eigensinnige Jeakes auch heute wieder mitsamt seinem riesigen Bett beim Geméting anwesend und nimmt viel Platz weg. Man blickt höflich über das Möbel hinweg und ignoriert das hölzerne Monstrum. Es wäre völlig unenglisch, von dieser Lappalie Notiz zu nehmen, geschweige denn, ein Wort darüber zu verlieren. Die Geister gleiten hindurch- oder drunter weg. Ein Charakter wie Jeakes' bleibt immer gleich, auch wenn er seine Körperlichkeit verliert. Leute mit einer gewissen Stärke und Festigkeit in ihren Entschlüssen haben auch Geister, die stark und fest in ihren Entschlüssen sind. Das wird oft als Eigensinnigkeit geschmäht. Aber was schert es eine englische Eiche, wenn sich die Säue an ihr reiben.

Die *Viktorianische Dame*, die sich gerade mit Allen Grebell unterhält, wohnt irgendwo zwischen dem alten Zollhaus und dem Lamb House in der Weststreet. Allen Grebell sitzt übrigens jetzt in dem Stuhl, in dem er verblutet ist. E.F. Benson hat diesen Stuhl immer seinem Partnern beim Schachspielen angeboten. Die Viktorianische Dame hat sich fein herausgemacht, ganz nach der langweiligen, prüden Mode der Zeit, die die zweitdienstälteste Königin Englands so nachhaltig durch ihren eigenen Stil geprägt hatte. Dieser viktorianische Stil orientierte sich an den Modeprinzipien des Bürgertums und war durch Korsetts dominiert. Frauen, die sich immer öfters in der Öffentlichkeit zeigten, wurden eng geschnürt. Die

Röcke nahmen durch Krinoline deutlich an Breite zu, was die Taillenmaße optisch verkleinerte. Ein anderer Frauentyp wurde durchgesetzt. Dieser Typ war fragil, hilflos, fruchtbar und untergeordnet. Beliebt waren auch dreiviertellange, sich nach unten erweiternde Ärmel, Handschuhe und Säume, mit denen das Dekolleté umrahmt und zusätzlich mit Rüschen oder Edelsteinen verziert war. Die Viktorianische Dame sitzt gerne im Geheimen Garten des Lamb Haus auf einem der Stühle oder im Eingangsbereich und betrachtet die ein- und ausgehenden Besucher. Wenn man sie anspricht, sieht sie durch einen hindurch, als wäre man Luft. Sie ist ein sehr vornehmer Geist. Sie hatte sich am liebsten im zerbombten Gartenhaus aufgehalten und vermisst den kleinen Festsaal seit fast achtzig Jahren schmerzlich. Amerikanischen Touristen ist ein Foto von ihr gelungen. Sie fotografierten das Lamb Haus und im Fenster oben rechts ist eine kleine, ältere Dame zu sehen. Zu der Zeit war das Haus unbewohnt. Ein anderes, sehr altes Foto zeigt das Lamb Haus vom Friedhof aus gesehen. Zu einem der Fenster im ersten Stock auf dem Foto gibt es kein dazugehöriges Zimmer.

Neben dem ehemaligen Augustinerkloster ist die Gegend um St. Mary und Watchbell Street am meisten heimgesucht. Wenden wir uns noch kurz und bevor es offiziell wird einigen Damen und Herren zu, die nur drei Geistersprünge vom heutigen Versammlungsort entfernt ebendort wohnen und sich heute Abend die Ehre geben.

Der *Mann in Schwarz* aus der West Street ist daran zu erkennen, dass kein andersfarbiger Faden ihn ziert. Er wirft seinen Dracula-Umhang ständig mit einer unwilligen Bewegung über seine linke Schulter und schnippt dann mit den Fingern. Eine kleine Macke, an der man den Geist immer wiedererkennt. Eine junge *Dame im dünnen Nachthemd* ohne Umhang oder Mantel, mitnichten zu dünn angezogen für Nächte am Meer, verfolgt im Dunkeln Menschen, die vom Church Square den kleinen Querweg über den alten Friedhof Richtung Kirche gehen. Sie verschwindet anschließend im Schornstein des Hauses links neben dem rosa gestrichenen Pfarrhaus von Rye. Die Schmuggler haben seinerzeit einen *kopflosen Seemann* erfunden, der auf dem Friedhof herumspuken soll. Niemand hat den Burschen je gesehen, auch heute Abend nicht. Also liegt der Schluss doch sehr nahe, dass die erfundene Gruselgeschichte den Schmugglern dazu diente, ungebetene Besucher nachts von der Kirche, in der zeitweise auch Konterbande lagerte, fernzuhalten. Neben einem *Geister-Jungen in einem Kimono*, der sich gerne in einem der Häuser in der Watchbell aufhält und von dem niemand etwas über das Woher und Wohin weiß, hat ein Geist, der als *Brauner Mönch* für erhebliche Aufmerksamkeit sorgte, unbestritten Star-Charakter. Der Tonsurträger, bekleidet mit einer braunen Kutte, stand auf einmal hinter einer Anwohnerin der Watchbell Street.

Die Dame hatte sich auf einem kleinen Abendspaziergang zum Aussichtspunkt mit der Glocke am Hope Anchor begeben. Sie nahm auf einer der Bänke dort Platz und genoss den Ausblick auf *Camber Castle* im Gegenlicht der herabsinkenden Abendsonne. Camber Castle, früher auch Winchelsea Castle genannt, ist eine Burgruine in der Nähe von Rye bei Rye Harbour. König Heinrich VIII. ließ die Festung zwischen

1512 und 1514 zum Schutz der Küste von Sussex gegen französische Angriffe errichten. Das erste Verteidigungsbauwerk auf dem Gelände war ein kleiner, runder Geschützturm, von dem aus man den Ankerplatz von Camber und die Einfahrt zum Hafen von Rye überwachen konnte. Die fertiggestellte Burg war anfangs mit achtundzwanzig bronzenen und eisernen Kanonen und einer Garnison von achtundzwanzig Mann bestückt, die von einem Hauptmann befehligt wurden. Die Küstenlinie verlagerte sich wie wir wissen weiter seewärts, sodass Camber Castle bald weit landeinwärts lag. Die Reichweite der Kanonen war beschränkt. Damit wurde die kleine Befestigung unnütz zum Schutz der Hafeneinfahrten von Rye oder Winchelsea und wurde aufgegeben. Unsere Abendspaziergängerin schaute versunken auf dieses Camber Castle, als sie plötzlich das Gefühl hatte, nicht alleine auf dem Aussichtspunkt zu sein. Als sie sich umdrehte, sah sie den bewussten braunen Mönch. Sie war derartig erschrocken, dass sie aufsprang, nach Hause lief und in der Küche Zuflucht suchte. Obwohl die erschrockene Frau sehr schnell gelaufen war, fand sie den Mönch bereits in der Küche sitzend vor, was sie zur Weiterflucht in ihr Schlafzimmer veranlasste. Dort schloss sie sich ein und zog die Bettdecke über den Kopf. Ihr Koch dagegen war ein mutiger Mann und fragte den Geist in der Küche, was er denn hier wolle. Der Mönch antwortete: »Aber ich wohne doch hier. Ich bin in euerm Garten begraben.« Darauf erzählte der Geist dem Koch, dass er im 15. Jahrhundert von Canterbury aus nach Rye geschickt worden war, um hier einigen Mönchen im Friars-of-the-Sack, die etwas aus dem katholischen Ruder zu laufen drohten, gehörig die Leviten zu lesen. Diese hatten ihn aus Furcht vor Entdeckung ihrer Triebe und Umtriebe durch einen gezielten Schlag auf den Hinterkopf ins Jenseits befördert und im Garten ebenjenes Hauses vergraben. Der geisterhafte Braune Mönch in der Küche bat inständig darum, endlich mit den Sakramenten versehen und in geweihtem Boden beerdigt zu werden. Der Koch berichtete am nächsten Tag der streng römisch–katholischen Besitzerin des Hauses vorsichtig von seinem Gespräch. Diese trug die Angelegenheit Vater Bonaventure vor. Dieser war ein Franziskanermönch, der für die zweite Kirche in Rye, die römisch-katholische *St. Anthony of Padua* in der Watchbell Street verantwortlich war. Der Priester erwog zunächst zusammen mit der Hausbesitzerin, den Garten umzugraben und die Knochen des Braunen Mönches zu suchen, um diese dann angemessen bestatten zu können. Man scheute aber das Aufsehen, was eine solche Ausgrabung auf sich gezogen hätte. So wurde eine einfachere Lösung gefunden. Der Padre segnete einfach den ganzen Garten. Der Braune Mönch fand nun in geweihter Erde seine Ruhe und ward offiziell nicht mehr gesehen. Heute Abend in der Town Hall ist er als Ruheständler anwesend.

Der nette Geist einer Frau, die dem kleinen Jungen mit den verkrüppelten Füßen gerade die Nase putzt und ihn mit einem Himbeerlutscher tröstet, ist die großgewachsene, unschwer zu übersehende *Dame in Grau*. Von ihr ist nichts Näheres bekannt, nur dass sie hier zu Füßen der Town Hall praktisch daheim ist. Die Market Street ist ihr Revier. Als hier noch ein Süßigkeitsladen war, lagen Bonbons und Zuckerstangen morgens oft auf dem Fußboden des Ladens zerstreut herum, obwohl abends immer sauber gemacht und insbesondere der Boden gut gefegt wurde. Die Dame in Grau hat scheinbar ein Faible für Kinder, da sie sich nachts in dem Geschäft an den Süßigkeiten bediente und diese dabei oft verlor. Geistertaschen verlieren ihren Inhalt unverhältnismäßig oft. Sie schart gerne ein paar Kinder um sich. Vielleicht tut sie das, weil sie selber ihre Kinder verloren oder schlecht behandelt hat und nun etwas gut machen möchte. Geister sind so. Ein Mädchen stand vor kurzem weinend in der belebten Market Street. Ihre Eltern, die im Rathaus gewesen waren, um eine Baugenehmigung zu erhalten, fragten sie, warum sie denn weine. Das in Tränen aufgelöste Mädchen erzählte ihren Eltern, dass die Kinder sie nicht mitspielen ließen, weil sie die Spielregeln nicht verstünde. Die Eltern fragten, welche Kinder sie denn meine. Ihre Tochter zeigte auf den Bürgersteig vor ihnen. Die Eltern konnten keine anderen Kinder sehen. Um die Ecke zur Kirche hin, in *Fletcher's House,* ist die Dame in Grau auch gerne zu Gast. Das im Jahre 1430 gebaute Haus im Besitz der Kirche war als Pfarrhaus vorgesehen. Der amtierende Pfarrer Connope weigerte sich trotz persönlich bedingter, langer Abwesenheit sowohl, sein eigenes Haus aufzugeben, als auch, sich pensionieren zu lassen. Die Kirche verkaufte daher das Haus auf dem offenen Markt. Ein gewisser Richard Fletcher erwarb das Haus und gab ihm damit seinen Namen. Er wäre gerne Pfarrer in Rye geworden, aber die Entscheidung zögerte sich immer länger hinaus. Enttäuscht verließ Fletcher 1581 schließlich Rye mit seiner Familie und seinem zweijährigen Sohn. Richard Fletcher war anschließend Bischof von Bristol und Worchester, dann Bischof von London. In dieser Funktion begleitete er *Mary Stuart, Queen of Scots* zum Schafott.

Maria Stuart wurde im Kindesalter von Schottland nach Frankreich gebracht und an der Seite ihres künftigen Ehemanns Franz II. erzogen. Durch dessen frühen Tod wurde sie bereits im Alter von siebzehn Jahren zur Witwe und kehrte 1561 nach Schottland zurück. Dort gelang es ihr nicht, die zahlreichen Spannungen unter den konkurrierenden Adelsfamilien zu ihren Gunsten zu entschärfen. Nach der Ermordung ihres zweiten Gemahls Lord Darnley im Februar 1567, an der ihr eine Mittäterschaft angelastet wurde, geriet sie innenpolitisch verstärkt unter Druck. Sie wurde im Juni 1567 im Loch Leven Castle gefangengesetzt und musste zugunsten ihres Sohnes Jakob abdanken. Nach ihrer Flucht ging sie ins Exil nach England. Ihre zweite Lebenshälfte war geprägt von einem fortwährenden Konflikt mit Königin Elisabeth I., der unter anderem auf einem Anspruch auf den englischen Königsthron basierte. Nachdem Maria Stuart verdächtigt worden war, an einem geplanten Attentat auf die englische Königin beteiligt gewesen zu sein, wurde sie wegen Hochverrats 1587 hingerichtet. Eben die übliche Masche damals.

Im Flechter's wurde 1579 Richards Sohn, der spätere Dramatiker John Fletcher geboren. Dieser gehörte zum Kreis um Shakespeare. Shakespeares Schauspieltruppe hat zu ihrer Zeit öfter im Mermaid Inn Vorstellungen gegeben. Auch heute noch wird der große Dichter bei passender Gelegenheit im Restaurant aufgeführt. Das Tudorhaus Fletcher's hat im Jahr 1701 teilweise eine neue Fassade bekommen, strahlt aber mit seinem Eichengebälk nach wie vor etwas Besonderes aus.

Geschnitzte Lancaster- und Yorkrosen sind erhalten geblieben. Das dreistöckige Haus beherbergt seit 1932 bis heute ein Restaurant und Café im Erdgeschoss. 1951 traf ein Gast unvermutet auf einen etwa 1,80 Meter großen, schlanken, etwa dreißigjährigen Mann in einem dunklen Anzug aus der Zeit Eduards VI. Man hört öfter unerklärliche Schritte im Haus, die vom *Fletcher's Hausgeist* stammen. Gäste und Bewohner haben Schatten durchs Haus huschen sehen. 1995 wurde im zweiten Stock ein Mann in viktorianischem Anzug gesehen, der vermeintlich auf der Suche nach dem WC war. Darauf angesprochen schwebte er wie in die Enge getrieben im Flur und dem privaten Badezimmer der Besitzer hin- und her. Dann, wiederum angesprochen, löste er sich in viele winzige Punkte auf und verschwand ganz einfach.

Wenden wir uns nun der Gruppe von Geistern zu, die dort im Vorraum der Town Hall unter der Tür zum Dachboden steht. Der *Weiße Mönch* bewacht das Landgate und wird manchmal von Gästen, die das *Queen's Head* verlassen, an eine Laterne gelehnt gesichtet. Sein Liebhaber, der *Mönch mit dem Umhang*, der wie immer sehr niedergeschlagen dreinschaut, steht neben ihm. Übers Jahr streift der Unglückliche immer an den Klippen herum, um seien Liebsten zu finden. Der *Kopflose Geist* setzt sich immer zu einer bestimmten Familie in Rye mit an den Essenstisch und gehört quasi zur Familie. Der Kopflose wurde auch schon in der Werkstatt von *Skinner's* gesehen. Zwei Füße schauten unter einem Auto in der Werkstatt hervor. Man vermutete einen Einbrecher, der sich dort versteckte. Aber als man unter dem Wagen nachschaute, löste sich die Erscheinung in Nichts auf. Die Geister von Rye nennen ihn auch den Pechvogel, weil er so oft von Menschen entdeckt wird. Die *Kleine alte Frau in Schwarz*, die in einem Haus wohnte, das dem Eisenbahnbau zum Opfer fiel, ha sich zu der Gruppe gesellt. Sie schaut wortlos umher. In ihren Augen liegt ein schmerzlicher Ausdruck. Sie vermisst ihr trautes Heim. Der Fünfte im Bunde ist der Geist namens Überfahrener Mann. Dieser wurde vor ein paar Jahren dort auf der Straße nach Camber Sands nahe der Brücke über den Rother von einem Auto erfasst und tödlich verletzt. Jetzt kann man von Zeit zu Zeit einen Mann in Fahrbahnmitte beobachten, der sich dort umsieht. Wenn man ihn anruft und vor dem Verkehr warnen will, reagiert er nicht. Hier im Saal sieht man, wie sich seine Beine bewegen. Aber er bewegt sich nicht vom Fleck. Von der Brücke über den Rother stürzen sich manchmal unglückliche Menschen. Der Fluss ist bei Springtiden geradezu reißend und nimmt sie ins Meer mit. Einer der Toten, der *Gesichtslose Geist*, ist den Fluss aus dem Meer kommend wieder hinaufgeschwommen und nach rechts in den Kanal abgebogen. Dort hat er eine Frau in ihrem Haus in der Military Road bedroht. Er drückte ihr Gesicht ins Kopfkissen und versuchte sie zu ersticken. Die Frau wehrte sich heftig, konnte sich umdrehen und dem Geist ins Gesicht sehen. Sie konnte keine Augen, keinen Mund, keine Nase erkennen, nur strubbelige, grüne Haare und ein leeres Gesicht. Die Aale und Krabben haben seine Konturen draußen in der See verspeist. Die *Frau mit dem Blumenhut*, die jetzt aus den bekannten Gründen mit weißer Verzierung umherwandelt, überragt mit ihrer Kopfbedeckung alle in der kleinen Gruppe. Sie geht gerne in den Grünanlagen von Rye spazieren. Eine Familie fuhr dort mit dem Auto vorbei, als eine Stimme aus dem Radio befahl: »Nicht umdrehen«. Ein Junge im Auto drehte sich sofort um und sah die Dame die Straße queren. Als die Familie gemeinsam nachschaute, war weit und breit niemand zu sehen.

An den Wänden der Town Hall sausen Farbflecken hin und her. Da niemand davon Notiz nimmt, scheint es sich um nichts Bemerkenswertes zu handeln.

IV

Transparenz ist etwas, über das Geister per sé ausreichend verfügen. Gegenseitige Offenheit im Umgang miteinander, Freundlichkeit oder zu mindestens Höflichkeit und vor allem Respekt sind die Geheimnisse eines reibungsarmen Zusammenexistierens. Im Interesse eines gut-nachbarschaftlichen-Beisammenseins werden die Geister-Nachbarn Ryes jedes Jahr zum Geméting eingeladen. Viele der Geladenen folgen gerne der Einladung, denn Rye ist als guter Gastgeber bekannt. Lionel Pickles ruft nun einige der Gäste, die sich unter die gastgebenden Geister gemischt haben und geistreiche Konversation pflegen, aus.

Der *Jüngere Lord von Dacre* wird seit dem 16. Jahrhundert zusammen mit seinem Wildhüter im Schloss Herstmonceux gesichtet. Er starb mit seinem Spießgesellen bei einem Wilderer-Ausflug in Nachbars Garten, dessen drei Wildhüter die Eindringlinge aus Herstmonceux stellten. Was wie ein Spaß begann, wurde plötzlich bitterer Ernst, als der junge Lord den Nachbarwildhüter mit einem Schwertstreich niederstreckte. Während der Lord auf einer Fuchsstute herumreitet, spukt sein Wildhüter auf der Wiese, auf der das tödliche Handgemenge stattfand. Wilderei aus Lust oder aus Not war damals weit verbreitet und natürlich verboten. In einem *Forest* sollte man sich dabei lieber nicht erwischen lassen. Forest war die Bezeichnung für ein Hirsch-Jagdgebiet des Königs oder der Königin. Erwischten Wilderern wurde eine

Hand fachgerecht amputiert. Besonders notorische Wilderer wurden geblendet, um sie von ihrem Tun abzuhalten. Die Hirschbestände dienten vor allem der Fleischversorgung des sehr umfangreichen Hofstaates und weniger der Jagdlust des Herrschers. Hundebesitzer auf dem Lande mussten ihre Hunde regelmäßig messen lassen. Wenn ein Hund über eine bestimmte Schulterhöhe hinauswuchs, wurden ihm zwei Zehen einer Pfote amputiert, damit er nicht – aus Versehen oder absichtlich – Hirsche jagen konnte. Als Haus-, Begleit-, Hüte- und Wachhunde konnten sie natürlich weiter treue Dienste leisten. Der Ältere Lord Dacre, der wie ein Einsiedler lebte, geistert auch im Schloss herum. Er haut im ganzen Gebäude gewaltig auf die Pauke. Mit der großen Trommel versuchte er zu seinen Lebzeiten, hoffnungsvolle Männer von seiner wesentlich jüngeren Frau fernzuhalten, die er über alles liebte. Alte Scheunen brennen nun einmal heftig. Der Frust seiner Gattin in einem gewissen Bereich – der Lord war wirklich sehr viel älter – führte schließlich dazu, dass sie den Alten in seinem Zimmer einschloss und dort verrecken ließ. Frustration führt zu Resignation oder Aggression. Madams Gemüt schwenkte auf letztere Option ein. Damit bescherte sie uns den lautstarken Geist, der nun seit fünfhundert Jahre mit seiner Pauke verzweifelt das weiter versucht, was ihm damals schon nicht gelang. Von einem riesenhaften, schimmernden Geist auf den Zinnen des Schlosses wird berichtet, der ebenfalls eine Pauke schlägt, bis diese Funken sprüht. Zeugen aus dem 19. Jahrhundert sind sich aber einig, dass es sich dabei wohl um einen leibhaftigen Schmuggler handelte, der mit seiner Vorderladerflinte und anständiger Schwarzpulverladung ungebetene Zeugen von dem einsam gelegenen Schloss fernhalten wollte.

Das Wasserschloss Herstmonceux bietet noch fünf weiteren Geistern Heim und Geborgenheit, von denen heute Abend in Rye neben einer Dame auf einem Esel die *Graue Frau Grace Naylor* gesichtet wird, die ihre Base hier besucht. Sie war zu ihrer Zeit ein junges Mädchen, Tochter des Schlossbesitzers George Naylor, das von seiner Gouvernante so schlecht ernährt wurde, dass es an seinem 21. Geburtstag im Jahr 1727 an Auszehrung starb. Die *Weiße Frau* als Pendent war ein junges Mädchen aus dem Haus der Naylors, was sich lieber im Burggraben ertränkte, als sich von einem Mann verführen zu lassen. In Herstmonceux sorgt noch besagte *Frau auf dem weißen Esel* und ein *Schlafwandler* für geistvolle Stimmung. Weiß ist eine herausragende Farbe in der Schlossgeschichte. Die Frau auf dem weißen Esel, mit dem sie hier durchs Rathaus reitet, ist *Georgina Naylor*, die ebenso hübsche wie exzentrische Schlossbesitzerin aus den letzten Jahren des 18. Jahrhunderts. Sie war dem Okkulten sehr zugetan und lief in weißen Gewändern durch ihr Schloss. Ihre Kleider waren mit allerlei geheimnisvollen, bunten Symbolen und Zeichen bestickt. Sie ritt jeden Tag auf ihrem weißen Esel hinunter in die Wiesen, um von einer dort entspringenden Quelle Wasser zu trinken. Begleitet wurde sie dabei von einem zahmen, weißen Hasen. Eines Tages zerrissen streunende Hunde den armen Hasen in Stücke. Georgina verließ Herstmonceux am nächsten Tag und kam erst 1806, nach ihrem Tod, als Geist auf einem weißen Esel wieder zurück ins Schloss. Studenten und das Lehrpersonal des International Study Centre der

Queen's University aus Ontario, die das Schloss heute mitnutzen, haben manche unruhige Nacht, wie man sich unschwer vorstellen kann.

Gleich neben der Grauen Frau steht ein Geisterklassiker: *Die Anhalterin.* Weltweit sind Geisteranhalter weit verbreitet. Diese Dame ist weit aus Willingdon bei Eastbourne angereist. Sie trägt einen langen, eduardianischen Staubmantel und einen breitkrempigen Hut, der mit einem Schleier, wie ihn die typische Autofahrerin damals getragen hat, am Kopf festgebunden ist. Der Geist der begeisterten Golfspielerin steht normalerweise an der Straße und versucht, vorbeifahrende Fahrzeuge anzuhalten. Sie will damit vor einem Unfall hundert Yards voraus warnen, bei dem sie und zwei männliche Beifahrer getötet wurden. Die nobel aussehende Frau neben dem Geist der Anhalterin ist nicht ganz genau zu identifizieren, aber zweifellos edler Herkunft. Es ist Lionel Pickles nicht gelungen, ihren genauen Namen für eine förmliche Vorstellung herauszubekommen. Sie hat ihn einfach komplett ignoriert und ist an ihm vorbei in den Saal geschwebt. Es könnte sich dem Aussehen nach um *Lady Joan Pelham* aus Pevensey Castle handeln. Sie hatte 1399 die Burg für die rote Rose von Lancaster gegen eine Armee aus Surrey, Kent und Sussex verteidigt. Ihr Mann, John Pelham, war zu derselben Zeit unterwegs, um den Yorkschen in Pontefract in West-Yorkshire, eine der stärksten befestigten Anlagen Englands, zu helfen. Auf den Mauern dieser Burg wird von Zeit zu Zeit eine weibliche Gestalt in altertümlicher Kleidung gesichtet. Eine andere Möglichkeit ist es, dass es sich bei der Dame im Saal um Königin Johanna von Navarra handelt, der Ehefrau von Heinrich IV., einem Enkel von Eduard III. Sie wurde neun lange Jahre in der Burg von Pevensey als Gefangene gehalten. Neben der Edlen mit unbekanntem Namen steht unverkennbar *Dame Dorothy Selby*, die Frau, die Englands Geschichte eine wesentliche Wendung gab und mit dem Leben dafür bezahlte. Dorothy war es, die ihrem Cousin Lord Monteagle einen anonymen Brief schrieb, in dem sie ihn bat, am 5. November 1605 nicht ins Parlament zu gehen. Dieser Brief war der Auslöser, den Gunpowder Plot um die Männer von Guy Fawkes aufzudecken, von denen ja vor einigen Seiten bereits berichtet wurde. Freunde der Verschwörer ihrerseits bekamen heraus, dass Dorothy der Grund für den Fehlschlag des Anschlages auf Parlament und Königshaus gewesen war. Rachsüchtig trieben sie die Frau in die Enge und bemächtigten sich ihrer, um sie im Turm von Ightham Mote in Kent lebendig einzumauern. Im Jahre 1872 fand man ihr Skelett, als man einen Wandschrank einbauen wollte. Ihr Geist hatte sich bis dahin auch ausschließlich dort aufgehalten. Den Menschen war es auch aufgefallen, dass von dem Schlafzimmer, in der sie in der Mauer steckte, ständig eine besondere Kälte ausging und niemand es in diesem Turmzimmer lange aushielt.

Eine arme, kleine, schwangere Frau wurde von ihrem Liebhaber Patrick Mahon kleingehackt, hoffentlich *post mortem*. Das alles trug sich 1924 in einer abgelegenen Hütte an der Bucht von Pevensey – da wo Wilhelm der Eroberer 1066 anlandete – zu. Die Hütte war früher der Beobachtungsposten eines Beamten der Küstenwache. Seit ihrem gewaltsamen Tod schleicht der *Geist von Emily Kaye*, in ein weißes, wallendes Gewand gekleidet, bei Langley Point – einem kleinen, vorgelagerten Stück Land in der Bucht von Pevensey namens *Crumbles* – herum. Heute Abend wallt sie als kompletter Geist als Gast hier in Rye durch den Saal. Die Ehefrau ihres Mörders hatte Verdacht geschöpft, dass ihr Mann ein Verhältnis hätte. In seiner Jackentasche fand sie einen Gepäckaufbewahrungsschein der Waterloo Station. Dort fand sie einen Beutel mit blutgetränkten Damenkleidern und ging zur Polizei. Ihr Mann wurde beim Versuch, den Beutel abzuholen, von der Polizei verhaftet. Seine Begründung, bei dem Blut handele es sich um Reste von Hundefutter, wurde widerlegt. Das Blut war menschlichen Ursprungs, war von Emily. Die sterblichen Überreste von Emily und des ungeborenen Kindes wurden mit Masse am 2. Mai 1924 in einer Hütte bei Crumbles gefunden, die sie sich mit ihrem verheirateten Liebhaber geteilt hatte. Beide hatten sich beruflich – er als Vertreter, sie als Angestellte einer von ihm besuchten Firma – kennengelernt. Vier größere Körperteile von Emily wurden in der Hütte gefunden, dazu siebenunddreißig kleinere Teile und zahlreiche innere Organe. Der zuständige Forensiker Sir Bernhard Spilsbury konnte daraus ihren Körper größtenteils wieder zusammensetzen, aber nichts zur Todesursache sagen. Um ihren etwas zerpflückten Körper zu kaschieren trägt der Geist von Emily verständlicherweise die großzügig geschnittenen Kleider. Auch Geisterdamen dürfen ein wenig eitel sein. Der Mörder namens Mahon versuchte erfolglos, dem Strick auf dem Galgen zu entgehen, indem er von der Fallklappe sprang, als der Hebel gezogen wurde.

Emily ist aber nur eines von drei Crumbles-Mordopfern.

Das andere Opfer war eine *Irene Munro*, die manchmal als ein grünliches Licht auf Crumbles gesehen wird. Sie war eine Schreibkraft aus der Hauptstadt, die dort am Meer auf Urlaub war. Sie wurde in unfreundlicher Weise von einem Jack Alfred Field und einem William Thomas Gray am 19. August 1920 ins Jenseits befördert. Ihren Körper vergruben die beiden Mordbuben auf Crumbles. Beide wurden erwischt, verurteilt und am 4. Februar 1921 im Wandsworth Gefängnis gehängt. Das dritte Opfer, das auf dem kleinen Landstück herumspukt, ist ein junges Mädchen, was in einer nahegelegenen Münze aus dem 14. Jahrhundert im Jahre 1586 von ihrem eifersüchtigen Liebhaber Thomas Dight ermordet wurde, der dann auch noch – sozusagen, um die Sache rund zu machen – seinen Nebenbuhler auf offenem Feuer röstete.

Der Geist von *Harald II.* ist einer der ranghöchsten Ehrengäste am heutigen Abend. Man erkennt ihn gut, denn er hält ein wenig Distanz vom Rummel im Saal. Wie zur Bestätigung seiner Person steckt ein Pfeil in seinem Auge als Erinnerung an den 14. Oktober 1066. Er kommt aus seinem Sterbeort *Battle*, einer hübschen Nachbarstadt Ryes, in der der *English Heritage* die Ruinen und Gärten von *Battle Abbey* hegt und pflegt. Das mit dem Pfeil ist natürlich alles nur Show. In Wirklichkeit wurde Harald von Anhängern nach seiner Verwundung vom Schlachtfeld geschmuggelt und nach Winchester gebracht, wo eine Muslima seine Wunden heilte. Nur sein Auge konnte die Heilkundige nicht retten. Nach seiner Genesung wanderte Harald als anonymer Pilger fünfzig Jahre lang durch Deutschland und England, bis er einhundertjährig in Chester starb und sein Geheimnis mit ins Grab nahm. So sagt man. Die Wahrheit ist, dass wir die Wahrheit nie kennen werden. Haralds Leben und angebliches Sterben in der Schlacht ist zu besichtigen. Wenn es Einen nach Reading – wo Oscar Wilde wegen Homosexualität im Gefängnis saß, das er als gebrochener Mann wieder verließ – verschlägt, sollte man das dortige Museum aufsuchen. Hier hängt eine handgearbeitete, originalgetreue Kopie des Bildteppichs der Königin Mathilda aus der zweiten Hälfte des 11. Jahrhunderts, auch Teppich von Bayeux genannt, wo das Original hängt. Die auf 68 Metern Länge und 52 Zentimetern Höhe in 58 Einzelszenen dargestellte Eroberung Englands durch den Normannenherzog Wilhelm den Eroberer beginnt mit einem Zusammentreffen von Harald Godwinson, Earl of Wessex mit dem englischen König Eduard und endet mit der Schlacht von Hastings am 14. Oktober 1066. Auch der Augenpfeilschuss ist zu finden. Die Detailtreue des romanischen Comics gibt in Wort und Bild Aufschluss über viele Aspekte mittelalterlichen Lebens. Die gestickten Darstellungen kann man zur Geisterdatierung sehr gut brauchen. So finden sich auf dem Wandteppich Einzelheiten zu Schiffen, Schiffsbau und Seewesen, Tracht und Schmuck, Kampfweise und Ausrüstung normannischer und angelsächsischer Krieger, der Jagd, des Reliquienwesens, der Herrschaft und Repräsentation sowie dem Münz- und Geldwesen des 12. Jahrhunderts. Battle Abbey wurde von Wilhelm dem Eroberer an der Stelle errichtet, an dem sein Gegner Harald nach seiner Ansicht verstarb. Der Hochalter, heute nur noch eine Steinplatte, definiert die Stelle genau. Dass der Boden hier auf dem kleinen Schlachtfeld von Hastings mit dem Blut von etwa 7000 Soldaten getränkt ist, verdeutlicht eine weitere, geisterhaft Erscheinung im ehemaligen Kloster. Eine Fontaine von Blut schießt dann und wann in der Nähe des Eiskellers aus dem Boden. Ein weiterer Gast aus Battle ist heute Abend anwesend und unterhält sich gerade mit dem Cantator und Amanda. Das ist *Robert de St. Martin*, ein außerordentlich menschlich aussehender Geist. Er ist mit weißem Habitat und rotem Gürtel angetan. Normalerweise marschiert er fröhlich durch das Kloster in Battle. Besucher grüßen ihn freundlich, weil sie meinen, er sei tatsächlich ein lebendiger Mönch. Dann bemerken die verwunderten Besucher aber sein Verschwinden auf unübliche Weise in Mauern, auf dem Mönchspfad im Garten – oft in Begleitung zweier anderer Mönchsgeister – oder seine Auflösung in Luft. Im Kloster waren früher Benediktinermönche, die ein schwarzes Habitat tragen, also *Blackfriars* waren. Einzige Ausnahme war Robert de St. Martin, der im 13. Jahrhundert den Auftrag bekam, im benachbarten Salehurst das erste Zisterzienserkloster auf englischem Boden zu gründen. Zisterzienser tragen weiße oder beige Kleidung. Darüber hinaus bewegen sich im Kloster eine Graue Frau, eine Blaue Frau und ein Weißer Hengst herum, der früher die Pferde in den Stallungen erschreckte.

Der Märtyrer *Thomas à Becket* spukt in den Ruinen der Burg von Hastings umher, wo er einige Zeit Rektor des Kirchencolleges war. Thomas Becket war normannischer Abstammung. Sein Vater war Kaufmann in London. In Paris lernte er von Mönchen Lesen und Schreiben. Nach der Rückkehr von einer Studienreise trat er 1141 in die Dienste des Erzbischofs Theobald von Canterbury. Ein Jahr später wurde er

Berater und Lordkanzler von König *Heinrich II. Kurzmantel* von England. Die Beziehung zwischen dem Monarchen und dem Lordkanzler beschreiben Zeitgenossen als außergewöhnlich freundschaftlich:»Beide würden ein Herz und einen Verstand teilen«. Über die Risiken einer Nähe zur Krone wurde ja bereits berichtet. Der Rest ist schnell erzählt. 1161 verstarb der bisherige Erzbischof Theobald von Canterbury. 1162 empfing Becket die Priesterweihe und einen Tag später die Bischofsweihe. Als neuer Erzbischof von Canterbury war Becket nun Primas von England. Sein Freund, König Heinrich II., versprach sich Vorteile davon, einen guten Freund auf diesem Posten zu haben. Doch bereits vorher hatten Becket und Heinrich II. unterschiedliche Meinungen in Bezug auf die Kirche und deren Rechte gehabt. Es ging insbesondere um die Frage der gerichtlichen Zuständigkeit bei Verfehlungen oder Straftaten des Klerus. Ein Kleriker konnte in Beckets Augen nur kirchenrechtlich zur Verantwortung gezogen werden. Der König sah den Klerus als Engländer, die sich bei Verfehlungen vor Stadtgerichten verantworten sollten, wie jeder andere auch. Der Streit mit dem König wurde zunehmend unkontrollierbar. Auf dem Hoftag 1163 kam es zum offenen Streit. Vom königlichen Hofgericht wurde Becket als Hochverräter und Meineidiger verurteilt. Die Strafe dafür wurde ja bereits erläutert. In der Nacht des 13. Oktober 1164 floh Becket daher nach Frankreich. Im Dezember 1170 kehrte er nach Canterbury zurück. Er hoffte, dass über die Sache inzwischen genug Gras gewachsen sei. Das Volk empfing ihn begeistert. Aber wie würde Heinrich reagieren? Bald wurde offenkundig, dass er weiterhin politisch nicht mehr erwünscht war. Der Thronfolger und Mitkönig Heinrich der Jüngere, sein einstiger Zögling und Sohn von Heinrich II. Kurzmantel, verweigerte ihm ein Zusammentreffen und verfügte, dass er nicht mehr in England umherreisen dürfe. Das bedeutete Hausarrest für den Erzbischof, den eigentlich vielfältige Pflichten überall im Land riefen. Dass Becket dem König ein paar vollblütige Pferde schenkte, konnte Heinrich den Jüngeren nicht milde stimmen. Der Erzbischof hatte für ein neues Ärgernis gesorgt, indem er die an der Krönung des Thronfolgers und Mitkönigs beteiligten Bischöfe exkommunizierte. Als der König davon erfuhr, bekam er einen Wutanfall. In seiner Erregung ließ er sich zu Beschimpfungen gegen Becket hinreißen, die von vier anwesenden Rittern – Reginald Fitzurse, Hugh de Moreville, William de Tracey und Richard Brito – als Mordbefehl verstanden wurden. Am 29. Dezember 1170 trafen die vier in Canterbury ein und teilten Becket mit, er solle sich nach Winchester begeben, um Rechenschaft über seine Taten abzulegen. Becket lehnte das als Angehöriger des Klerus kategorisch ab. Die vier Ritter drangen daraufhin in die Kathedrale von Canterbury ein und töteten Becket am Altar, indem sie ihm die Schädeldecke abschlugen. Der Augenzeuge Edward Grim berichtete von dem Mord. Die mit gezogenen Schwertern eingedrungenen Ritter versuchten zunächst, Becket aus der Kathedrale zu bringen, entweder um ihn direkt außerhalb des Gotteshauses zu ermorden oder als Gefangenen wegzuschaffen. Sie wurden von Beckets tadelnden Worten jedoch so sehr in Wut versetzt, dass sie ihn sofort umbrachten. Reginald Fitzurse war der Erste, der mit seinem Schwert den Kopf Beckets traf. Dann schlugen William de Tracey und Richard Brito mit gezielten Schlägen zu. Der mit heiligem Öl gesalbte, tonsurierte Schädel, der Becket als Kleriker auswies und ein klar erkennbares Zeichen seiner Standeszugehörigkeit war, wurde von den Mördern zertrümmert. Im Braunschweiger Dom sind Reliquien des Märtyrers nachgewiesen. Wann genau die Becket-Reliquien nach Braunschweig kamen, ist unbekannt. Jedoch geht man davon aus, dass diese bald nach der Kanonisation, spätestens aber nach Heinrichs II. Bußgang im September 1174 zusammen mit älteren Reliquien, mit denen sie gemeinsam verwahrt wurden, den Weg in die Stadt Heinrichs des Löwen fanden. Es gilt als sicher, dass am 7. Juli 1220 bei der Umbettung der Gebeine Beckets in den Schrein der Trinity-Chapel der Kathedrale von Canterbury Körperteile entnommen wurden, um diese an hochgestellte Persönlichkeiten zu übergeben. 1538 ließ König Heinrich VIII. den kostbaren Schrein zerstören. Auch soll er angeordnet haben, den Leichnam Beckets zu verbrennen. Im Jahr 1888 fand man unter der Kathedrale aber ein Skelett, von dem angenommen wird, dass es sich um die sterblichen Überreste Beckets handelt. Sein Grab ist bis heute einer der bedeutendsten und größten Wallfahrtsorte der ganzen Insel. In den *Canterbury Tales* von Geoffrey Chaucer wird eine spätmittelalterliche Pilgerreise zu Beckets Grab beschrieben. Die Geschichten sind von großem Wert, denn nirgendwo anders kann man so viel über das Alltagsleben in jener Zeit erfahren. Der Geist Beckets galoppiert – außer den Aktivitäten in Hastings und heute Abend als Ehrengast in Rye – in Johannisnächten durch Devon. Der Johannistag ist der Geburtstag Johannes' des Täufers am 24. Juni. Er steht in enger Verbindung zur Sommersonnenwende, die zwischen dem 20. und dem 22. Juni stattfindet. Die Johannisnacht ist die Nacht nach dem Johannistag, vom 23. auf den 24. Juni. Warum Beckets Geist in Devon herumreitet, ist ein Geheimnis. Er ist vielleicht auf dem Weg nach Nymet Tracey, wo einer seiner Mörder, William de Tracey, als Buße für seine Tat eine Kirche bauen ließ. Im Haus Anne von Kleves, nicht weit weg von Rye, ist ein Museum untergebracht. Dort kann man nicht nur hochinteressante Küchengegenstände aus der Zeit Heinrichs VIII. betrachten. Im Haus steht die Rittertafel, die einst dem Dekanat *South Melling* gehörte. Die Mörder von Beckett kamen nach der Tat in das Dekanat, wo sie ihre Umhänge und Ausrüstung auf diese Tafel warfen. Der Tisch, dessen Platte aus Petworth-Marmor gefertigt ist, warf seine Last mehrfach zu Boden. Jedes Jahr am 29. Dezember dreht sich der Tisch um sich selbst und spricht die Worte: »Gedenkt des armen Thomas.« Es beschleicht einem ein übernatürlich beklemmendes Gefühl im Haus und besonders in diesem Tapestry-Room mit seinen kalten Ecken. In der Krypta der Kathedrale in Canterbury findet sich eine Wandmalerei, die eine verwischte Figur mit einer Mitra zeigt. Sie wird allgemein als »Beckets Geist« bezeichnet. Das ist natürlich grober Unfug, denn der Geist ist, wie man sehen kann, nicht verwischt, sondern sehr präsent wenn er sich materialisiert. Terry Waite war Erzbischof von Canterbury, als er im Libanon als Geißel festgehalten wurde. Er war ein fast zwei Meter großer Mann und schwer zu übersehen. Während er im September 1987 im Mittleren Osten in Geiselhaft war, sah ein Besucher aus Manchester den Erzbischof leibhaftig mit gesengtem Haupt in der Kathedrale von Canterbury am Grab der Heiligen Augustine stehen. Die Gestalt verschwamm langsam, aber man deutete das als sicheres Zeichen, dass der Erzbischof bald zurückkehren würde. Tatsächlich war der Hausherr bald danach zurück daheim in seinem geliebten Canterbury.

Aus *Rye Harbour* eine gute Meile südlich von Rye ist der Geist einer Prominenten des zwanzigsten Jahrhunderts über den Fluss Rother herübergeschwebt. Eigentlich liegt die Farm dieser vor einundzwanzig Jahren leider verstorbenen Vegetarierin drei Meilen nördlich außerhalb von Rye. Sie wurde Vegetarierin, als sie beim Verzehr eines Lammkoteletts in der Küche ihres anderen Bauernhofes in Schottland von einem Schäflein überrascht wurde, was sich verirrt hatte. Etwas zu essen, was einen Namen oder ein Gesicht hatte, ist immer schon problematisch gewesen. Da der Ehemann der Künstlerin heute noch recht munter lebt und vielfacher Millionär ist, soll der Name ungenannt bleiben. Auch wenn man von Popmusik überhaupt keine Ahnung hat: Den Namen der Beat-Gruppe aus Liverpool – *Gruppe*, wohlbemerkt, denn eine *Band* ist im Englischen eine Blaskapelle für Dicke-Backen-Musik – die ihr Ehemann einst mit gegründet hat, kennt die halbe Weltbevölkerung. Mehr braucht man zu des Rätsels Lösung wohl nicht zu sagen. Das Ehepaar hatte besagte Farm bei Rye vor Jahren erworben. Im Dorfladen und der Post kann sich noch jeder gut an die nette Frau erinnern. Auf dem Bauernhof und seinen großen Wiesen lebten vor dreißig Jahren derart viele Kaninchen, das es sogar ihr als Tieraktivistin zu viel wurde. Sie bat einen überaus netten

Frettierer aus Rye Harbour, die Tiere zu fangen. Er musste ihr aber in die Hand versprechen, dass er die kleinen Flitzer an anderer, für Karnickel biotopgerechter Stelle wieder frei lässt. So verblieb man. Man fängt beim Frettieren die Grauen lebendig mit Netzen, die man vor die Röhren ihrer unterirdischen Baue spannt. Der Rest ist schnell erzählt. Auch der Naive ahnt, wohin die ganzen Kaninchen wanderten. Nun geistert die verstorbene Farmbesitzerin in Rye Harbour herum, auf der Suche nach ihren Kaninchen und um zu schauen, ob es den Tieren auch wirklich gut geht. Heute Abend aber wird nicht gesucht, und der Geist hat zusammen mit Bruder Cantator schon zwei begeisternde *a capella* Einlagen gegeben, was das Geméting deutlich auflockerte.

In Rye Harbour gibt es eine alte Kirche. Ihr Dach ist wie ein gekentertes Boot gebaut. Auf dem Friedhof vor dem Gotteshaus gibt es ein großes Grabmal mit siebzehn Gräbern. Eins der Gräber ist leer, aber das ist eine besondere Geschichte und soll ein andermal erzählt werden...

Der Geist von *Sir Robert Earnly*, der dort neben der Sängerin steht, bevorzugt die Stunde zwischen Mitternacht und ein Uhr. Er hält aber auch – wie heute – länger aus, wenn es sein muss. Sein Körper gehörte zu Lebzeiten einem Royalisten, der als ein Gefolgsmann König Karls I., dem Sohn Jakobs I., die Stadt Chichester erfolglos verteidigte. Man merkt es schon. Wir sind im 17. Jahrhundert, in dem alle Versuche der Stuart-Könige endeten, England in einen absolutistisch regierten Staat umzuwandeln. Karl war auch König von Schottland. Er regierte ohne das Parlament und provozierte gegen das – von den Puritanern dominierte – Unterhaus einen Bürgerkrieg. Seine Anhänger wurden von dem Parlamentsheer unter Oliver Cromwell geschlagen, er selbst des Hochverrats verurteilt und enthauptet. Danach wurde England zur Republik. Allerdings scheiterten am Ende auch Cromwells Bestrebungen, England dauerhaft in eine Republik umzuwandeln. Am Tag vor der Übergabe der Stadt Chichester an die Truppen Cromwells setzte sich der erwähnte Sir Robert mit einigen Kavalieren und zwei Neffen Richtung Frankreich ab. In Sidlesham geriet die Gruppe Flüchtlinge gegenüber dem *Crab and Lobster Inn* in einen Hinterhalt und kämpften relativ alternativlos bis zum Tod gegen die Parlamentstruppen. Sir Robert schreitet als verschwommene, fluoreszierende Gestalt in Sidlesham herum. Man erkennt ihn im Rathaussaal sehr gut an seiner Kleidung aus den Bürgerkriegszeiten; also als Royalist mit einem Umhang, aber vor allem kein Stück rotes Tuch.

Beachy Head ist eine Landspitze an der englischen Südküste in der Nähe der Stadt Eastbourne. Der schneeweiße Kreidefelsen ist mit 162 Metern über dem Meeresspiegel der höchste seiner Art in Großbritannien. Ihm schließen sich in der Küstenlinie sieben weitere Kreideklippen an, die *Seven Sisters* genannt werden. Der Kreidefelsen ist berüchtigt, weil er oft Selbstmördern als Sprungschanze dient. Ein Seelsorger-Team hält sich daher tagsüber und abends durchgehend hier auf, um potentielle Selbstmörder zurückzuhalten und zu betreuen. Das war nicht immer so. Im Mittelalter wurden hier Straftäter – mit oder ohne Gerichtsverhandlung und Verurteilung – heruntergeworfen. Das war eine saubere Sache für den Henker. Einer der auf diese Weise Getöteten spukt als *Geist von Beachy Head* herum. Es handelt sich dabei um einen bärtigen Priester, der während des Bürgerkrieges Zuflucht in einem nahegelegenen Bauernhof suchte. Er wurde aber an Cromwells Truppen verraten, die keine Gnade kannten. Die Truppe Cromwells bestand aus gut ausgebildeten und gut ausgerüsteten Soldaten. Sie setzte sich nur aus gläubigen Puritanern zusammen. Das waren Männer, die nicht für Geld, sondern aus Überzeugung für ihre Sache kämpften. Die Offiziersstellen wurden ausschließlich nach Verdienst und Fähigkeiten besetzt, so dass zum Beispiel auch einfache Handwerker zu Offizieren aufsteigen konnten. Das führte zu einer sehr hohen Kampfbereitschaft der Männer und zu einer allgemein sehr hohen Moral. Die *Ironsides*, das war ihr Name, waren bald für ihre Disziplin – auch gegenüber der Zivilbevölkerung – bekannt. Dank ihrer Kampfkraft wurden sie als Elitetruppe für das Parlament schnell unentbehrlich. Heute erzählt der Mönch seine Geschichte der Gefangennahme durch die Ironsides gerade zum x-ten Male dem Braunen Mönch, der aber trotzdem freundlich nickend und verständnisvoll zuhört. Man wird halt im Alter manchmal ein bisschen schusselig. Auch die Geister bleiben davon nicht verschont. Der verratene Mönch verfluchte den Beachy Head und seine Anwohner, als er in Ketten an den Abgrund geführt, heruntergestoßen und 500 Fuß tiefer von den Felsen zerschmettert wurde.

Den Preis für die weiteste Anreise erhält der *Wilde Erich*. Immer, wenn England Krieg droht, kommt der Geist aus einer alten Bleimine, in der er und seine Mannen hausen, herausgeritten, um sich mit dem Feind zu schlagen. Verlässlich wurde er bei Ausbruch des Krimkrieges und des Falklandkrieges von glaubwürdigen Zeugen gesichtet. Erich trägt grüne Kleider, einen Umhang und eine weiße Feder an seiner Kappe. An seiner Seite reitet und steht heute Abend im Saal seine Ehefrau *Lady Godda*, die der Erich nicht aus den Augen lässt. Der wilde Erich heißt eigentlich Eric Streona und war der Anführer der Rebellen von Shropshire, die sich gegen Wilhelm den Eroberer stellten. Er wurde nie besiegt, schloss am Ende Frieden mit dem König und ließ sich mit Lady Godda nieder. Lady Godda ist kein Geist, sondern die einzige Fee unter den Gästen heute Abend in Rye.

Aus Brede ist der Geist einer jungen *Serviererin Martha* eingeschwebt. Man erkennt an ihrer Arbeitskleidung sehr deutlich, dass sie in der Tudorzeit lebte. Sie arbeitete in einer Poststation mit Restaurant und Ausschank, das im 14. Jahrhundert gebaut worden war. Leider hatte sie nicht widerstehen können und Lebensmittel sowie ein einfaches Besteck für ihre Aussteuer gestohlen. Ihr Chef bemerkte den Diebstahl. Bei der anschließenden Untersuchung fand der Wirt das Besteck unter den wenigen Habseligkeiten von Martha. Er war so erbost, das er sie zur Strafe auf der Stelle an einer Esche, dem am weitesten verbreiteten Baum in England, hinter dem Haus in einem kleinen Hain aufhängte. Das war ohne Gerichtsverhandlung zwar etwas voreilig, aber auf Diebstahl stand die Todesstrafe. Nahe des Baumes, an dem das Mädchen seinen Geist aushauchte, gibt es ein Tor, das Marthas Tor genannt wird. Vorbeigehende spüren in seiner Nähe eine merkwürdige Atmosphäre. Auch nach mehreren, erfolglosen Exorzismen ist Marthas Tor besonders in der Dunkelheit kein sehr beliebter Ort.

Westlich von Rye liegt das Dorf Icklesham. Von dort ist heute der Geist eines ehemaligen Wirtes des Queen's Head angereist, um sich beim Geméting zu amüsieren. Es handelt sich um den sehr starrsinnigen *John Gutsell*. Dieser war im Zuge seines Begräbnisses in seiner Gaststätte aufgebahrt worden und nahm sozusagen als passiver Teilnehmer an seinem Leichenschmaus teil, den die Nachbarn für die Verwandten ausgerichtet hatten. Es gab reichlich Gesottenes, Gebratenes und das Ale floss in Strömen aus den Fässern. Alle seine Stammkunden waren neben Verwandtschaft und Nachbarn anwesend, um sich für die anschließende Grablegung zu stärken. Zwei Stunden später als geplant wollte die Gesellschaft zum Friedhof aufbrechen, zu dem es ein gutes Stück Weg ist. Aber der Tote, nun schon als schemenhafte Geistererscheinung, weigerte sich beharrlich, den Raum zu verlassen. So gut hatte ihm die zu seinen Ehren abgehaltene Veranstaltung gefallen. Man sieht ihn normalerweise im damaligen Aufbahrungsraum am Kamin im Queen's Head sitzen, wo er einen Strohhalm kaut. Dieser hängt ihm auch heute Abend im Rathaussaal zwischen den Lippen.

Der dicke, gemütliche Mönch und der grinsende junge Mann in blauem Sportmantel, der dort hinten von einem hellen Lichthof umgeben steht, sind keine Ehrengäste, da sie zu keiner offiziellen Delegation gehören. Sie sind Besucher von ortsansässigen Geistern und werden wie selbstverständlich integriert. Beide gehören zur Kategorie der »Schlafzimmer-Eindringlinge«. Man spürt ihre Anwesenheit durch ein Druckgefühl auf der Bettdecke. Sie spuken im 1475 erbauten *George and Pilgrims Inn*, das nahe Glastonbury, der heiligsten

Stätte Großbritanniens liegt. Dort ruhen König Arthur und seine Gattin Guinevere, deren Geister heute Nacht in Somerset unterwegs sind. Bei der eisenhaltigen Quelle *Chalice Well* nahe ihrer Ruhestätte ist der Heilige Gral versteckt.

V

Noch ein gutes, weiteres Dutzend Geister, die heute Abend nicht am Geméting teilnahmen, streifen durch Rye.

Es gibt in der Stadt Geister, die nur zu einem bestimmten Zweck für eine kurze Zeitspanne spuken. Sie übermitteln eine Botschaft oder lösen ein Versprechen ein. Eine Beschäftigung mit irdischen Dingen hält sie eine Weile zurück. Sobald diese aber erledigt ist, gehen sie zum nächsten Schritt ihrer Reise über, für die der Tod nur der Anfang ist. Ermordete kehren manchmal zurück, um ihren Mörder der Gerechtigkeit zuzuführen; Reiche, um das gerechte Verteilen ihrer Güter zu sichern. Manchmal bindet auch eine böse Tat den Geist, bis sie gesühnt ist. Der Spuk hört auf, wenn die erforderliche Aufgabe erledigt ist.

Ein paar Poltergeister findet man in Rye, die Unordnung in diverse Haushalte bringen, Salz und Pfeffer vertauschen oder Senf statt Marmelade in Kuchen füllen. Auch ein pferdeartiges Mischwesen mit Augen so groß wie Teller soll, aus dem Meer kommend, durch Ryes Straßen galoppieren und dann in Tümpeln, Pools und Teichen verschwinden.

Aber zurück zum langsam ausklingenden Geméting. Die Abstimmung hat soeben wie anfangs beschrieben stattgefunden. Die *Frau mit dem Blumenhut* ist die neue Ealdor für ein Jahr. Chef ihres Planungsteams ist der *Kopflose Geist*, Chef des Einsatzteams *Der Schwarze Hund von der Weißen Mühle,* der in

Abwesenheit ernannt wurde. Insgesamt eine gute Wahl, wie alle meinen. Krisen sind nicht zu erwarten, aber man weiß ja nie. Die Tagespolitik der Menschen ist den Geistern egal. Sie existieren und denken in anderen zeitlichen Dimensionen. So wie England keine geschriebene Verfassung hat, hat es auch keine offizielle Nationalhymne. Die Geister singen nun die eine inoffizielle englische Nationalhymne *Land of Hope and Glory* von A.C. Benson, einem Bruder des E.F. Benson. Damit ist die Wahl bestätigt.

Der scheidende, ehrwürdige Ealdor hatte der Blumenhutfrau zur Wahl gratuliert und gesagt: »Du bist genau die Richtige für diese Aufgabe.« Die reizende Dame mit dem großen, weißen Klacks auf dem Hut hatte sich gerührt Augen und Nase gewischt und sagte: »Es ist mir eine Freude und Ehre.«

Es gibt keine Tagesordnung des Geméting. Es finden keine Akklamationen statt. Es gibt keine Dankesreden oder Absichtserklärungen. Es ist irgendwie einfach sowieso alles klar. Das offizielle Ende der Versammlung ist gekommen; die Geister singen die andere inoffizielle englische Nationalhymne *Jerusalem* von William Blake:

Und sind in alter Zeit jene Füße
Über Englands grüne Berge gewandelt?
Und ward das heilige Lamm Gottes
Auf Englands lieblichen Auen gesehen?
Und strahlte das göttliche Antlitz
Hervor auf unsere umwölkten Hügel?
Und wurde Jerusalem hier erbaut
Inmitten dieser dunklen teuflischen Mühlen?

Bringt mir meinen Bogen aus brennendem Gold –
Bringt mir meine Pfeile des Verlangens –
Bringt mir meinen Speer: O ihr Wolken teilt euch!
Bringt mir meinen Streitwagen aus Feuer.
Ich werde vom geistigen Kampf nicht lassen
Noch soll das Schwert ruhen in meiner Hand,
Bis wir Jerusalem errichtet haben
in Englands grünem und lieblichem Land.

Das Lied basiert auf dem Besuch, den Jesus Christus als junger Mann in Begleitung von Josef von Arimathäa dem sagenhaften *Avalon* bei Glastonbury im heutigen Somerset abstattete. Der greise Joseph kehrte später nach Glastonbury zurück. Er hatte bei der Kreuzigung das Blut Christi in einem Kelch, dem *Gral* aufgefangen. Nach der Kreuzigung Jesu bat Joseph den römischen Statthalter Pontius Pilatus um den Körper, um ihn in sein für sich selbst bestimmtes Felsengrab zu legen. Als der Leichnam Jesu nach der Auferstehung aus dem Grab verschwunden war, wurde Josef verhaftet, des Raubes des Leichnams beschuldigt und zu vierzig Jahren Gefängnis verurteilt. Im Kerker erschien ihm Christus, übergab ihm den Kelch des Abendmahls und bestimmte Josef zum Hüter des Gefäßes. Nach seiner Entlassung aus dem Gefängnis brachte Joseph den Gral nach England und errichtete eine Kapelle in Glastonbury. Diese brannte 1184 ab und wurde durch den Bau der Abtei von Glastonbury ersetzt. Heinrich VIII. zerstörte diese Abtei im Jahre 1539. Es stehen noch ein paar Ruinen. Irgendwo dort liegen der besagte Heilige Gral, König Arthur und seine Ehefrau Guinevere vergraben. Cromwells Truppen zerstörten im Bürgerkrieg die Weißdornbüsche im Umfeld der Abtei annähernd vollständig, denn bei seiner Ankunft in Glastonbury steckte Josef seinen Wanderstab in die Erde. Dieser trieb aus und es wuchs ein Weißdornbusch daraus. Seitdem blühte dieser *Glastonbury Thorn* zur Weihnachts- und zur Osterzeit, bis er 2010 von Unbekannten fast und 2012 endgültig zerstört wurde. Dass der Busch zweimal im Jahr blühte, war für Weißdornbüsche sehr ungewöhnlich.

Wir Menschen können den Jerusalem-Gesang der Nebelwesen nicht verstehen. Wenn man sich jetzt unter sie mischen würde, hörte man eine Mischung aus dem Geräusch, den ein Bienenschwarm in einer Blumenwiese verursacht und dem Prasseln eines Regenschauers auf ein Zelt, in dem man liegt.

Lichter und Schatten gleiten langsam, allein oder in Gruppen aus der Town Hall. Nebel steigen auf und zerfallen. Geister sind grenzenlos; und das mit dem fließenden Wasser als Hindernis ist ein Märchen. Die Kälte im Rathaussaal weicht warmer Nachtluft von draußen. Der Duft von Vanille, Flieder, Holz, frisch gebackenem Brot, nur noch ganz wenig glimmenden Kaminfeuern, Schlick und Fisch liegt in der Luft über der Stadt. Auf dem Boden des Saales liegen zwei rotweiß-gestreifte Bonbons in Cellophanhüllen und ein großes, gelbliches Popcorn.

Die drei Möwen auf dem Dach des Rathauses folgen mit ihren müden Augen den entschwindenden Geistern. Eine Möwe schmunzelt und keckert leise, als die Blumenhutfrau das Gebäude zur Market Street hin verlässt.

Das Rotkehlchen öffnet nur ein wenig das rechte Auge, als

der Geist von John Breads in Richtung Friedhof an ihm vo-
rüberschwebt.

Der Zaunkönig schmiegt sich unter der Dachrinne des Rat-
hauses an seine Zaunkönigin, fühlt den Geist von Thomas
Beckett durch sich hindurchgleiten und träumt mit seiner
Gemahlin dem Sommer in Rye entgegen.

Die Amsel gleitet vom Kirchendach mit drei eleganten
Schwüngen zurück in den Garten des Rathauses und wartet
darauf, den Morgenschimmer aus voller Kehle als Erste zu
begrüßen. Unter ihr macht sich der Braune Mönch lautlos
auf den Heimweg.

Der Schwarm Sandpfeifer fliegt zurück zu den Sandbänken.

Lionel Pickles kontrolliert Verschluss und Sicherheit des
Ryer Rathauses. Dann macht er sich auf über den Fluss hinweg in sein Tagesversteck in der Enchantress in Rye Harbour.

Die kleine Maus schleicht sich aus dem Loch in der Wand,
schnuppert vorsichtig an dem gelblichen Maiskorn, lässt sich
durch den süßen Duft verführen und verschwindet mit dem
Popcorn in einem anderen Mauseloch, um ihre sechs Jungen
noch einmal vor dem Schlafengehen zu füttern.

Das diesjährige Geméting der Geister von Rye ist vorüber.
Zwei Hunde in der Stadt schlagen kurz an. Vom Süden, vom
Meer her, weht ein leiser Windhauch. Er trägt den Duft von
Salzwasser und Tang mit sich. Alle Geister, ihre Pferde, der
Esel und das große Bett sind in alle Himmels- und Erdrich-
tungen verschwunden. Spurlos wie jedes Jahr. Beim Sonnen-
aufgang wird nichts an das mitternächtliche Geschehen erin-
nern. Der eine oder andere Mensch, der mit offenem Fenster

in Rye schlief, wird sich heute früh an einen merkwürdigen Traum dunkel erinnern, aber nichts davon im Gedächtnis behalten. Salbeiduft aus dem Garten strömt in das offene, blauregenumwachsene Schlafzimmerfenster eines jungen Mädchens, das von ihrem Liebsten träumt.

Es ist tief in der Nacht. Die Mäuse legen sich in ihr weiches Bett aus weißem, gepuderten Perückenhaar, das Vater Maus aus der dienstlichen Kopfbedeckung des Town Clerk stibitzt hat.

Eine bunte Gesellschaft hatte sich heute Nacht in der Town Hall, im Rathaus von Rye versammelt. Jeder Geist eigenartig, mancher ein Eigenbrötler. Aber wäre heute Abend ein ungebetener Geist, hochmütig oder anmaßend in den Saal geplatzt: Er hätte sich einer entschlossenen Gemeinschaft gegenübergesehen. Und auch der wirre Breads gehört dazu, das hatte der alte Ealdor nochmal betont.

Wohlig drehen sich die Mäuse in ihrem Bett, strecken die Glieder und schlafen ein.

Draußen in der Stadt Rye schlafen brave Geister.

Danksagung

Ich danke dem berühmten Ryer Maler Richard Adams, der mit seinen traumhaften, bukolischen Bildern voller unschuldigem Humor und skurriler Phantasien die englische Künsterwelt seit langem außerordentlich bereichert. Er hat in London, Sydney, Washington, Bremen und Madrid ausgestellt. Seine Bilder hängen inzwischen in Villen bis hin nach Südostasien. Wenn man viel Glück hat, kann man in der High Street in der Rye Art Gallery eins seiner Originale erwerben. Richard hat das Umschlagbild für dieses Buch gemalt. Unsere freundschaftliche Kooperation wird auch bei zukünftigen Büchern fortgesetzt. Wir beide entscheiden gemeinsam, welche Wohltätigkeitsorganisation vom Bucherlös unterstützt wird.

Ich danke meinem Großvater, dem Seesener Probst und Kirchenrat Hermann Bechler in Memoriam, der mir vor über fünfzig Jahren Geschichtenerzählen, Lesen, Schreiben, geheimnisvolle Wege, Vorahnungen, Schachspielen, Zigarre Rauchen und Erbsensuppe-im-Wald-Kochen (»Junge, wir gehen jetzt Abkochen.«) nähergebracht hat. Seine Tagebücher habe ich oft in den Händen. Er war sein ganzes Leben voller Verwunderung, dass der Krieg ihn, abgesehen von ein paar Splittern und Streifschüssen, verschont hatte und er 1918 als Einziger aus einer großen, munteren Clique lebend heimkehrte. Er war immer der Meinung, dass seine Vorsehungen und ein guter Geist ihn im Felde beschützt hatten.

Ich danke Gyles Brandreth für seine Hinweise zur europäischen Grammatik. In seinem Buch »*Have You Eaten Grandma?*« weist der Kanzler der Universität Chester zurecht darauf hin, dass korrekte Kommasetzung nicht nur für Großmütter lebensrettend sein kann. Sein Ductus ist mir etwas wichtiger als die derzeit jeweils angeblich gültige, verbindliche Version der Rechtschreibung meiner Muttersprache.

Ich danke meinem Englischlehrer W., genannt *Bollo*, Oberstudiendirektor am Gymnasium Warstade. Ich musste bei ihm vor fast fünfzig Jahren die *Daffodils* von William Wordsworth auswendig lernen und kann sie heute noch aufsagen. Im Radio lief in dem Jahr *Fly Robin Fly*. Das Rotkehlchen ist so etwas wie der englische Nationalvogel. Von Bollo hörte ich in der Unterprima etwas über Thomas Morus und Thomas Beckett, statt englische Grammatik zu pauken. W. schätzte den Weinkeller meines Vaters sehr und war oft Gast im Hause meiner Eltern. Sein Grinsen war immer irgendwo zwischen *hämisch* und *amüsiert*. Für den hämischen Anteil habe ich ihm 1973 eine Scherzartikel-Explosionsspitze in seine Zigarre geschmuggelt. Ausgerechnet bei uns im Wohnzimmer flog ihm das Teil um die Ohren. Er hat mit seinem geschwärzten Gesicht aus vollem Herzen gelacht, während ich mich schleunigst auf mein Fahrrad schwang, um der Inquisition zu entgehen.

Jo Kirkham hat durch ihre Veröffentlichungen viel Wissen um Rye der Nachwelt erhalten. Dafür gebührt ihr ein Dank.

Harry Rowohlt, dem vom Dachverband irischer Brennereien zum *Ambassador of Irish Whiskey* Gekürten da oben danke ich für seine klare Ansage zum Trema, die er mir

2009 während einer sechsstündigen Lesung von *Nicht weggeschmissenen Briefen*, von ihm als *Schausaufen mit Betonung* bezeichnet, machte.

Wee wifie Ute hat das Manuskript gelesen und Vorschläge aus Lesersicht beigesteuert. Ohne sie wäre das Ganze nicht so rund geworden.

Ich danke Grumpy Noı Andy, Josh, Zoe, Lucy, Jane, Stevé, Willow, Pete »Plastic«, Steve »Village«, Pauline, Jay, Gary, Samantha (Sam), Maureen (Mo), Mic und Tina, Peter und Kathy, Barry und Jill, Sharon und Bob, Rod und Pete sowie John und Keith, die mich in schöpferischen Pausen unermüdlich im *Park-Club* des Park Holidays Rye Harbour, im *Social-Club* der Rye Harbour Village Hall und im *The Inkerman Arms* mit *Fosters*, permanent guter englischer Laune und Geschichten versorgten oder mir das Brandungsangeln näherbrachten.

Ich danke zum Schluss meinem Leser für unseren gemeinsamen kleinen Bummel durch *Rye*. Es ist noch so viel zu berichten. Und leider habe ich gerade Zeit.